云球宇宙系列

伊瓜多的战争

云球白丁 / 著

北京理工大学出版社
BEIJING INSTITUTE OF TECHNOLOGY PRESS

图书在版编目（CIP）数据

伊瓜多的战争 / 云球白丁著. -- 北京：北京理工
大学出版社, 2023.4
（云球宇宙系列）

ISBN 978-7-5763-1735-0

Ⅰ.①伊… Ⅱ.①云… Ⅲ.①幻想小说-中国-当代
Ⅳ.①I247.5

中国版本图书馆CIP数据核字(2022)第173179号

出版发行 / 北京理工大学出版社有限责任公司
社　　址 / 北京市海淀区中关村南大街5号
邮　　编 / 100081
电　　话 /（010）68914775（总编室）
　　　　　（010）82562903（教材售后服务热线）
　　　　　（010）68944723（其他图书服务热线）
网　　址 / http://www.bitpress.com.cn
经　　销 / 全国各地新华书店
印　　刷 / 三河市九洲财鑫印刷有限公司
开　　本 / 710毫米×1000毫米　1 / 16
印　　张 / 13.5
字　　数 / 148千字
版　　次 / 2023年4月第1版　2023年4月第1次印刷
定　　价 / 48.00元

责任编辑 / 吴　博
文案编辑 / 毛慧佳
责任校对 / 刘亚男
责任印制 / 施胜娟

探险者去探索一片处女地。在前进的过程中，处女地的真实面貌并不重要，重要的是探险者对处女地的想象。探险者一旦抵达处女地，处女地的真实面貌就展现出来了，但依旧不重要，无论如何都会被抛在身后，重要的是下一片处女地。探险者将重新开始构建关于下一片处女地的想象，并根据这个想象出发。自始至终，任何处女地的真实面貌都不重要，甚至处女地是否真实存在也不重要，"真实"本身也是想象的一部分。

1

啊呀，啊呀，石头堵住地鼠的穴，

啊呀，啊呀，地鼠只能向下掘，

啊呀，啊呀，巢穴里面一片黑，

啊呀，啊呀，挖掘的爪子出了血。

在荒原上游荡的时候，伊瓜多经常用嘶哑的嗓音哼着儿歌，蹦蹦跳跳地前行，蹦跳的姿势很不协调，可以说相当难看。但他自己意识不到嗓音的嘶哑，意识不到姿势的不协调，总能保持愉悦的心情。他身边的老狗卡维尔也没有这个意识，很喜欢儿歌的曲调，尽管那曲调有时会毫无征兆地变换。卡维尔经常恰到好处"汪汪汪"地叫上几声，仿佛某种奇异的和弦，更喜欢跟着伊瓜多一起蹦蹦跳跳，有时跳得比伊瓜多更高。

除了伊瓜多、卡维尔和他们的住所，以及笼罩整个天空让人压迫得喘不过气的乌云，还有地面上一望无际的黑色砾石，荒原上没有任何值得注意的东西，没有动物也没有植物。在荒原生活了这么久，伊瓜多从未发现过儿歌中唱到的地鼠，甚至没有发现过任何一个洞，被石头堵住的洞也没有。事实上，伊瓜多从未见过地鼠，不知道地鼠到底是个什么东西。对于儿歌的内容，如果说除了文字本身的浅显含义外，伊瓜多并不理解其真正的内涵，应该也是合理猜测——作为一个观察者，我是这么认为的。更进一步，就我的观察而言，可以确定地说，伊瓜多是个傻子。

伊瓜多生活的地方是戴森世界[①]328号系统，准确一点，是328号系统BH521宇宙AZ854星系唯一的一颗行星，米利托星。他生活的这片荒原，被米利托人称作地狱荒原，是海拔最高的高原，曾经是米利托星最不适合人类居住的地区之一。不知什么原因，很少能够看到生命的存在，是一片让人绝望的死亡之海。但是目前，比较而言，这里却是米利托星最适合人类生活的地区。

不过，遗憾的是，即使这片最适合人类居住的地区，现在也只有伊瓜多一个人，其他种类的动物也只有卡维尔一条狗——这么说也许略显夸张，但一定相差不远。

一听便知，所谓"BH521宇宙"或者"AZ854星系"，这些学术气的名字是我们系统管理员的叫法。伊瓜多的族人，米利托人，以为自己的宇宙就是宇宙，是全部，是唯一，不知道还需要给自己的宇宙起一个名字，更不知道自己的宇宙位于某个计算机仿真系统中，并非他们心目中那种真

---

① 有关戴森世界的更多信息请参阅拙作《云球》。

实的存在，而是计算的产物。当然，米利托人知道自己的行星、恒星和星系不是宇宙中的全部，不是唯一，需要起名字。所以，他们将自己生活的行星称作米利托星，将星系中的恒星称作米利托的太阳。

所谓"太阳"的叫法，实际上是翻译的原因。由于地球人类对于自己的太阳的迷恋，总是把计算机仿真系统中任何行星上的人类对自己拥有的恒星的称呼翻译为"太阳"，无论那些称呼的发音多么古怪，和地球语言中"太阳"的发音有多么不同。同样的原因，如果系统中一颗行星拥有一颗拿得出手的卫星，无论行星上的人类怎么称呼它，地球人类总是翻译为"月亮"。可以想象，很多行星会有1号月亮、2号月亮等等。不过米利托星恰好相反，它没有月亮，一个都没有。米利托星的夜晚总是漆黑一片，连星星也看不见几个——米利托星位于宇宙的边缘，所有星星的光芒在这里已经变得黯淡无比，几乎难以察觉。

伊瓜多怕黑，米利托人都怕黑，这是一种根深蒂固的隐藏在内心深处的恐惧，即使最勇敢的米利托人也无法驱除的恐惧。地球人也怕黑，却未见得能够理解米利托人的那种恐惧，他们没有月亮，也没有星星……巢穴里面一片黑，挖掘的爪子出了血……可能正因如此，才诞生了这样的儿歌，伊瓜多才记住了这首儿歌。

即使白天的时候，地狱荒原也不是很明亮，厚重的乌云遮挡了太阳，像一把没有伞把的大伞笼罩在大地上，严严实实，没有任何缝隙。在伊瓜多不长的人生中，天空一向如此，他的记忆里应该很少有太阳的形象——如果不是说完全没有的话。这对伊瓜多而言显然不是一件好事，但他已经习惯了。

伊瓜多在八岁那年跟随爷爷来到了地狱荒原，有两年多的时间过得还不错，除非要学习和训练，否则和爷爷在一起的日子都是温暖而开心的。现在也能看出，伊瓜多经常怀念那些日子，独自玩一些当年爷爷和他玩过的游戏，或者唱爷爷教他唱的儿歌，比如那支关于地鼠的儿歌——偶尔也唱别的儿歌，其实爷爷教过他不少，但他能记清楚的只有这一首。其他的儿歌只唱一句半句，他就不得不半途而废，记不得歌词，曲调也忘记了。在教唱儿歌这件事上，爷爷并不是太认真，只是开心而已。

很不幸，伊瓜多十岁的时候，爷爷就去世了，之后他只能独自一人面对荒原、黑夜和乌云，实在是很困难。好在他是个傻子，脑子不够用。尽管很困难，他也无非苦熬，并不知道想办法去解决这个问题，避免了白费脑子。

除了对黑暗的恐惧以外，生活的其他方面倒不是问题。伊瓜多对生活没有什么要求，知道上厕所，只是不爱洗脸也不爱洗澡，身上的衣服都破破烂烂，大多是爷爷留下的，偶尔有几件小时候的衣服也会穿，明显已经小了……爷爷在世的时候把他照顾得很好，但爷爷去世以后他就一直这样……他自己觉察不到，也无人评价。只要有吃的，伊瓜多便能活得不错，而吃的问题一早被解决得很好，即使伊瓜多这样的傻子也不用担心。

伊瓜多独自一人和卡维尔住在一个小木屋里，小木屋孤零零地伫立在荒原上，周围没有其他建筑，但在小木屋的背后有一小片果园，就是伊瓜多吃饭的地方。

果园的规模不是太大，不是真的果园，而是机器园地。地狱荒原从来不长能够看得见的植物。很奇怪，出于某种我所不了解的原因，地狱荒原乌云遍布，就像米利托星其他地区一样，但从不下雨，极其干旱，其他地区的狂风暴雨却终日肆虐，和火山地震海啸共同协作，导致米利托人几乎无法生存。仿佛那些乌云对地狱荒原充满了嫌弃，只是急匆匆地路过，忙着将雨水带到下一站，从来不肯驻足，更不肯留下一点痕迹。

每棵果树都是一台机器，只不过长得像果树，乍一看无法分辨。这些机器果树的体型比地球上的桃树之类的真正果树高大一些，但也不是太高，伊瓜多蹦着跳着够得着那些果子，甚至有些果子并不需要蹦跳便能摘到。伊瓜多比正常的米利托人要矮，如果不是这样，大多数果子都不需要蹦跳便能摘到。

没办法，伊瓜多不仅矮，也丑，声音嘶哑，动作不协调，加上傻……毛病很多。他很倒霉，生下来就是个倒霉的孩子，还不得不一个人生活在地狱荒原。

机器果树的根须难以想象地深，一直延伸到地下几千米的地方去汲取水分和营养，加上叶子格外大，竭力从透过厚重乌云的微弱阳光中获取些许能量，一切都自给自足，不需要伊瓜多打理。这很重要，否则伊瓜多就活不下去了。

每一棵机器果树都能结出几十种不同的果实，提供丰富的口味和均衡的营养。有些果实像苹果、桃子这一类真正的水果，有些果实像土豆、红薯这一类的粮食，还有些果实是长长的条状，像是切好的肉类，有腌肉的口感也有炖肉的口感，的确是肉味，我不知道是猪肉还是牛肉或者其他什么肉，反正是肉味——尽管我没吃过，但资料上是这么显示的，我相信资料。伊瓜多对肉味的果实不感兴趣，卡维尔却很喜欢，卡维尔毕竟是一条狗。爷爷带着伊瓜多来到地狱荒原的时候，卡维尔就被一起带来了，那时候还是一条小狗，然后和伊瓜多一起长大，如今多年过去，已经是条老狗，但对肉味果实的喜好从未改变。伊瓜多倒经常换换口味，我能理解，一种口味吃多了难免厌烦。

这些机器果树的产量很大，不分季节，全天候都有。从产量来说，小半棵果树足够养活伊瓜多和卡维尔，但果树不仅仅半棵，有很多棵，显然最初的时候不仅仅是为了伊瓜多和卡维尔准备的，可是现在只有伊瓜多和卡维尔在享用。

如果没有人去摘树上的果实，那些果实需要很久很久才会自己落下来。旧的果实落下来之前，不会有新的果实长出来，也就不会产生多少浪费。

伊瓜多的小木屋不大，有三个卧室，一个客厅，一个餐厅，每个房间都带有全自动的卫生间，另外有一个全自动的厨房。卫生间多多少少还在使用，但厨房自从爷爷去世以后就再也没有使用过，伊瓜多和卡维尔只吃机器果树上的果实。

通常来说，伊瓜多和卡维尔就在这个不大的小木屋里，以及在周围一定范围内的荒原上活动，生活平静而无聊。有时候，伊瓜多也会去地下室，尽管并不是很情愿。

小木屋地面上的部分很有限，但地下的部分却非常庞大，可能比一个城市还要庞大。伊瓜多从来不知道地下的部分究竟有多大，所谓比城市还要庞大的比喻，他是听爷爷说的。在某一天看到令他惊骇的米利托镜像中的情景之前，他从未见过城市，对城市的大小并没有概念。

在这个庞大的地下室中，不，应该说地下建筑群中，除了爷爷带着去过的区区几个房间之外，其他那些充满未知的通过复杂走廊连接起来的空荡荡的区域，伊瓜多从来不曾去探索过，也没有兴趣去探索。偶尔，他会呆呆地对着某个黑漆漆的走廊看一会儿，然后什么都没做，便转身回去了熟悉的地方。其实他走过去灯光就会亮起来，他所恐惧的黑暗就会消失，但他从未走过……巢穴里面一片黑，挖掘的爪子出了血……我猜，即使伊瓜多偶尔会产生好奇心，也会立刻想到出血的爪子，于是便打消了好奇心。

餐厅的角落有一个电梯通到地下建筑群。电梯的速度很快，可整个电梯下降到底的过程会持续很久。明显能够看出，地下建筑群最深的位置非常深。爷爷告诉过伊瓜多，确实是非常深，比那些机器果树的根须还要深，深得多。不过，伊瓜多仅仅去过一两次深的地方，被爷爷领着，不记得干了什么，连我都记不清楚了。爷爷死后，他就再也没有去过深的地方，只去几个固定的房间，很浅。

伊瓜多从小不喜欢进入地下建筑群，在爷爷的要求下却不得不进去。大多数时候，爷爷是个和蔼可亲并且有趣的老头儿，特别是陪着他玩的时候，比卡维尔还要有趣。可一旦牵涉到学习或训练，爷爷便会变得严厉，伊瓜多从不敢违拗爷爷的要求。时间一长，他也就习惯了，爷爷去世以后仍旧按照爷爷先前的嘱咐，定时去地下建筑群。在下面，他主要待在一个房间里，做一件重复的事，无休止地重复：玩一个游戏，保持自己的手感。

那不是一个游戏，而是米利托星的全球防御系统，但对伊瓜多来说就是一个游戏。

伊瓜多从爷爷那里听过全球防御系统的名字，却没有真正搞明白这个短语是什么意思，从他听爷爷说话时的表情就可以看出来……对他来说，只是面对着虚空中的各种形状和符号做出一些莫名其妙的手势和动作，夹杂着一些语音的指令……我想，他的感觉应该和他与卡维尔打闹玩耍差不多。

全球防御系统当然不是游戏，而是强大有用的系统。其中包含几百万个太空探测设备，几十万件大大小小的太空飞行器和太空武器，分布在米利托星周围的太空中，以防止外星人的入侵。

爷爷告诉伊瓜多，如今的米利托星出了很大问题，偌大的米利托星地表只有爷爷和伊瓜多两个人还活着。尽管全球防御系统非常强大，单件装备或者某些装备组合可以依靠智能系统自动战斗，但就整个系统而言，却需要一个人类担任总指挥官。爷爷太老了，很快会去世，伊瓜多必须学会做这个系统的总指挥官，只有这样才能保护米利托星。爷爷说了很多遍，有些时候伊瓜多似乎明白，有些时候又显得根本不明白，爷爷不得不重复一遍。重复了很多遍之后，爷爷便放弃了，决定听之任之。伊瓜多明白就明白吧，不明白就不明白吧。有些事没法改变，只能接受现实。

爷爷确实太老了，而且来到地狱荒原之前受了很重的伤，他挣扎着，拖着伊瓜多来到了这里，就像米利托的太阳拖着米利托星在宇宙中游荡，没有星系可以加入，终于来到了宇宙的边缘。米利托的太阳仍将燃烧，爷爷却快要不行了。来到这里之后，爷爷尽量地治疗自己，也只能留给伊瓜多两年多的时间来掌握全球防御系统的操作方法。然后，爷爷就去世了。

掌握这个庞大而复杂的系统很不容易，何况伊瓜多还傻。好在，爷爷很严厉地训练伊瓜多，像训练卡维尔玩飞盘一样训练他对全球防御系统的操作，力图让所有操作变成他的条件反射。在爷爷的督促之下，伊瓜多不得不极其勤勉，终于及时学会了，甚至学得不错。或者说，他终于培养起足够多的条件反射。

看起来，伊瓜多尽管傻，但落实到玩游戏这件事上还可以。他在演习中表现得不错，偶尔能够战胜扮演入侵者的爷爷，不知道在实战中会是什么样子。

无论如何，既然世界上只剩下爷爷和伊瓜多两个人，爷爷没有其他的选择，只能将米利托星托付给伊瓜多。爷爷始终无法确认，伊瓜多对这种托付的严肃性是否有足够的认识并能认真地接受，遗憾的是，这些都顾不上了。

那时候，爷爷经常叹气，但也没有显得过于悲伤。我想，对他而言，一切不过是尽人事、听天命而已。

对于保护米利托星这件事，爷爷有很多纠结，甚至是无可无不可。如果不是因为伊瓜多自身需要生存下去，防御外星人本来便应该，爷爷心中的"不可"说不定比"可"还要多一些。

换句话说，爷爷也许宁愿不保护米利托星。真有外星人来，就让米利托星毁灭好了。何况，怎么会有外星人来呢？如果外星人竟然能来，竟然能跨过无边的虚空来到这宇宙的边缘，还会有米利托镜像的存在吗？米利托人之间还会制造无穷的纷争吗？米利托星还会落入今天这种境地吗？

依我看，确实不应该期待爷爷把伊瓜多训练得更好。爷爷没有把任何负面情绪传达给伊瓜多，反而一再告诉他要保护米利托星，已经算是仁至义尽了。

爷爷做到这一点不容易。他不仅克制了自己心中的仇恨，世世代代积累下来的血海深仇，还要说服自己保护自己所鄙弃的理念，不是每个人都能做到。如果是我，恐怕是做不到的，我也不认为我周围的任何一位系统管理员能够做到。

米利托星之所以需要被大费周章地保护，根本原因当然不是爷爷和伊瓜多的存在。为了建设如此庞大的全球防御系统，当年米利托人可是花费了不少力气。不过，和米利托镜像的建设相比，全球防御系统仅仅是个不足一提的小项目。小项目的存在是为了保护大项目，米利托镜像才是要被保护的目标。

爷爷也交代过米利托镜像的事情，训练伊瓜多掌握了一点点有关米利托镜像的操作。可惜，和全球防御系统的操作一样，爷爷并不确定伊瓜多是否真正掌握了那些操作，更不知道那些操作在自己死后会带来什么样的后果，只能满足于看起来差不多，然后往好处想……实际上就听天由命了。

米利托镜像可不是个简单的东西，一句话说不清楚。

2/

探险者去探索一片处女地。在前进的过程中，处女地的真实面貌并不重要，重要的是探险者对处女地的想象。探险者一旦抵达处女地，处女地的真实面貌就展现出来了，但依旧不重要，无论如何都会被抛在身后，重要的是下一片处女地。探险者将重新开始构建关于下一片处女地的想象，并根据这个想象出发。自始至终，任何处女地的真实面貌都不重要，甚至处女地是否真实存在也不重要，"真实"本身也是想象的一部分。重要的是，"处女地"这样一个概念给探险者带来的杂糅了想象力、好奇心、兴奋感、责任感以至使命感的复杂感受，探险者依靠这种感受鼓舞自己前行并获得接近以及抵达目标的乐趣。

这是数百年前德高望重的鲁斯教授在一次全球科技发展论坛中的发言

片段，后世被人铭记，称之为"探险者宣言"。

这段话听起来颇有哲言的意境，却也不乏诡辩的味道。很多人深有所感，也有很多人不以为然。总之，关于这段话的争论是非常巨大的。正是从那次论坛开始，米利托人关于"宇宙更远还是精神更远"的争端正式拉开了大幕，由此绵延几个世纪，促成了理论化的"宇宙主义"和"精神主义"的诞生，促成了"宇宙派"和"精神派"的对立，也促成了米利托镜像的诞生，并最终造就了米利托星今天的局面。

如今，虽然米利托星地表只有伊瓜多一个人活着，但在米利托镜像这个计算机仿真系统中却生活着数百亿人，某种意义上也算是米利托人。这些米利托人都是当初迁居米利托镜像的精神派的后裔，依旧是精神主义信徒，相信精神比宇宙更远。而那些当初拒绝迁居，留在了米利托星地面上的米利托人，宇宙主义信徒，相信宇宙比精神更远的宇宙派，都已经逝去。在爷爷去世之后，他们的后裔也只剩下了伊瓜多一个人。

所有这些死去的宇宙派，尽管不能说每个人都死于精神派之手，但精神派多少脱不了干系。当然，在这个过程中，也少不了和宇宙派脱不了干系的精神派成员的死亡，甚至也有很多精神派成员直接死于宇宙派之手。只不过现在看来，宇宙派已经凋零，而精神派却在米利托镜像中不断发展壮大。

这里有一个令人混淆的地方，所谓"宇宙更远"并非指从距离上或者难度上说宇宙更远，"精神更远"也不是说精神的彼岸更难抵达。事实上，考虑距离或者难度，尽管无法评价精神的彼岸是远还是近，但宇宙肯定是远的。对于米利托人而言，宇宙甚至远到了让米利托人几乎不可能发展出有实际意义的宇航技术——这种情形源于米利托星系在BH521宇宙中的位置。

很久很久以前，米利托星系曾经属于一个庞大的椭圆星系，由于某种宇宙动力学因素，米利托星系从椭圆星系中被甩了出来，开始了长达几十亿年的宇宙漂流。在漫漫的旅途中，开始还能碰到不少路人星系，但米利托星系擦肩而过，没能抓住机会加入某个大家庭。随着时间流逝，路越走越荒凉，路人星系越来越少，加入大家庭的机会也越来越少，从屡屡失之毫厘逐渐变得毫无希望。之后的一路上，只有米利托的太阳和米利托星相依为命，离其他星系越来越远。终于，它们来到了BH521宇宙最荒凉的边缘地带。

在如此漫长而孤独的旅途中，米利托星唯一的收获是生命的诞生，很难说这是幸运还是不幸。

在这样一个宇宙的边缘地带，空旷无物，所有星星的光芒都变得黯淡，米利托星没有月亮，星系内的太空物质虽然并不罕见，有几片小行星带，但所谓的小行星，任何单体最多也超不过一栋房子大小。于是，可悲的情形发生了。

米利托人类披荆斩棘，度过一个又一个人类社会发展的难关，进入了工业时代。终于，开始有人面对漫漫太空和微弱星光，以科学的手段观测、计算和畅想宇宙空间的种种可能。这时，他们发现，米利托人很难有机会涉足其他星系，甚至没有能力迈出走向其他星系的脚步。

原因很简单，在任何遥远的旅程中，人类都需要中转站，一个漫长的距离必须被分解为若干较短的距离，而从米利托星走向任何方向，目的地都过于遥远，却找不到任何中转站。

中转站可以提供旅程中的休息点，可以提供资源的补给，可以为过去的旅程做出总结并为将来的旅程做出准备。这些作用都很重要，却并非中转站最重要的作用。中转站最重要的作用在于帮助人类建立信心。对于人类来说，一个看似跳起来就可以够到的目标将使人拥有信心并不断努力练习跳高，而当跳高变得不太可能触及目标但目标又并非高不可攀的时候，人们可能会发明梯子……科技的发展需要一个切实可行的目标。当一个目标达到，自然会出现一个更高的目标。基于已经达到的旧的目标而言，新的目标同样不能过于遥不可及，人类才能鼓舞自己继续努力。

在 328 号系统中，我见过很多星球上的人类跨越大洋征服全球的过程，无一例外以遍布海洋的海岛作为跳板，由小船而大船逐步演进。我从未见过不经海岛的磨炼，没有小船的基础却直接建造出越洋巨轮来到其他大陆的例子。任何星球的星际航程的发展也都类似，总有一个最近的星球，多半是卫星，接着是同星系的行星，然后是附近其他恒星周围的行星……这一切，米利托星系都没有。可以想象，对于米利托人而言，没有目之所及范围内切实可行的太空目标是多么让人沮丧的一件事。仅仅围绕米利托星自身，在除了几片碎石头的坟墓就空无一物的太空中绕越来越大的圈子，是那么难以刺激人类的神经，难以激发人类持续的进取心。

于是，在 328 号系统这样一个充斥了光速飞船、虫洞以至多维空间管理的地方，米利托人终究未能发展出真正的深空宇航技术，至少是未能及时发展出这类技术，导致了事态的变化。

　　他们没有完全止步不前，拥有了在米利托星周围空间范围内建设全球防御系统的技术，并真的建造了这个系统——这源于敌对双方的一种妥协——但也就到此为止了。

　　米利托人曾经满怀热望，盼望着航天技术的进一步突破，可是，几百年里没有好消息传来，难免有人动了别的心思。有些米利托人认为，持续几百年的实践足以说明，米利托星是一个孤独的星球，宇宙的弃儿。对米利托星而言，宇宙拥有无法克服的不可抵达性。甚至有科学家以计算为基础，从理论层面证明了这种不可抵达性。尽管这种计算并非无懈可击，却赢得了众多拥趸。越来越多的人认为，宇宙已经成为一个不合格的人类发展目标，这样的目标使人绝望，坚持这样的目标毫无意义——如果非说有什么意义的话，那就是对米利托星有限资源的极大浪费，严重影响了人类进行其他类型的探索的脚步，而其他类型的探索有更大的可能成功。

　　所谓其他类型的探索，理论上林林总总，但在此语境下主要是指量子计算机仿真系统。量子计算机技术在几百年里突飞猛进，大大小小的计算机仿真系统已经建立，并展现出诱人的可能性：基于米利托人普遍认可的宇宙模型，只要算力足够强大，在计算机仿真系统中演化出一个完整的宇宙是可能的，演化出拥有自我意识的生命是可能的，而基于他们已经掌握的意识场①、

———————

① 意识场是生命体自我意识的物理表现，和电磁场类似，是一种实在的物理场，通常和生物学大脑或计算机系统中的脑单元（一种量子计算机系统演化形成的对外界封闭的量子计算区域）等载体绑定以获取能量并协同工作。有关意识场的更多信息请参阅拙作《云球》。

空体^①以及意识场迁移^②技术，让米利托人迁居其中也是完全可能的。

相比真实宇宙和真实人类，系统宇宙和系统人类将毫不逊色。如果具体到和生活在孤独的米利托星上的人类相比，迁居到系统宇宙中的人类将拥有远超现实的更多可能性，拥有无限精彩的未来。在这样一个系统宇宙中，人类可以选择任意位置的星球开始自己的生存和发展，不需要作为一个宇宙的弃儿存在。如果探索宇宙是有意义的，也可以在系统宇宙中继续，而无须停留在米利托星地表望洋兴叹。在足够算力的加持下，系统宇宙自然能够演化出所有现实宇宙中的神奇。限制上帝视角的观察就可以保持神秘，放开上帝视角的观察则提供了捷径，人类拥有多种选择——这种进行自我限制和放开从而创造出更多可能性的想法有些怪异，我不是十分认同，但确实有很多米利托人坚信不疑。

因此，一个整合的、强大的、能够让宇宙自主演化并让生命以至人类生存发展的计算机仿真系统，有资格取代真实的宇宙，作为米利托人发展的核心目标，作为米利托人的未来家园。

这是雏形状态的精神派最初的论点，来源于对现实的简单妥协。显然，

①　空体是和意识场相对应的概念，是可以绑定意识场的空的载体，和意识场绑定后就是完整的具有自我意识的生命体。自然存在的空体即动物的躯体，但也有人造的并非自然存在的空体，比如安装了脑单元的机器人或者计算机系统运行的仿真世界中的虚拟生命体（对上一层级而言是虚拟的）。有关空体的更多信息请参阅拙作《云球》。

②　意识场迁移是指意识场可以在不同空体之间进行解绑和重新绑定，如果迁移双方其中一方是真实世界的生命体（绑定的具体对象是其生物学大脑），而另一方是计算机系统运行的仿真世界中的虚拟生命体（对上一层级而言是虚拟的，绑定的具体对象是该生命体在上一层级计算机系统中对应的脑单元，但对该层级而言，绑定的具体对象就是该生命体的生物学大脑），意识场迁移事实上形成了人类在不同世界——真实世界和仿真世界——之间的穿越。有关意识场迁移的更多信息请参阅拙作《云球》。

这种论点绕不过一个关键的质疑，说一千道一万，计算机仿真系统中的宇宙无论如何是虚假的，而米利托星拥有的让人绝望的宇宙却是真实的。

之前我已经提过，这里我不得不再强调一次，米利托人对于自己的所谓"真实"的处境一无所知。和他们的想象不同，以他们的逻辑而言，他们所属于的 BH521 宇宙无论如何也说不上"真实"，反而只是 328 号系统中微不足道的一小部分。至于米利托星，是如此的不值一提，从未引起任何地球人的注意，没有人迁居，没有人游玩，没有人拍戏，没有经济合作，也没有科学实验或社会实验，更谈不上和地球人任何形式的融合……直到我发现了他们。可是，即使对我这个默默无闻的系统管理员来说，BH521 宇宙也只不过是我的管理区域中的小小的一块空间，而米利托星在正常情况下根本不应该引起我的关注——大家都是这么认为的，我甚至因为对米利托星的关注而承受了压力。

当然，米利托人本身就生存在 328 号系统中这样一个尴尬的现实，并不妨碍他们建设下一层级的系统宇宙。在我参与管理的 328 号系统区域中，我见过最多六个层级的系统宇宙。据我所知，戴森世界其他的系统中已经出现过十几个层级的系统宇宙。与之相比，米利托人的步伐算是相当落后的。不过，尽管落后，米利托人也算迈出了与众不同的步伐。

一般来说，一个宇宙中的人们建设下一层级系统宇宙的目标不外乎有限的几大类，科研、娱乐、经济或者某些具体的社会功能。比如我参与管理的 328 号系统，算是一个综合项目，同时承担了很多不同的建设目标。我个人认为，其中的核心目标是娱乐。现在，328 号系统中到处都是迁移过去的地球人意识场，他们借助 328 号系统人的空体，参与宇宙战争，也参与其他娱乐。可惜米利托星又偏远又落后，没能力参与宇宙战争——当然，最近有所变化，我正在讲述的就是这个故事——他们的风景、人文也没什么特色，所以没有地球人迁移过去。再比如110号系统和120号系统，一听编号就有讲究，是为了完成监狱和疗养院的职责。

米利托人的与众不同之处在于，他们建设下一层级的系统宇宙不是为了这些俗气的目的，而是致力于摆脱他们宇宙弃儿的困境，致力于实现他们心中的理想。

为了反击对真实与否的质疑，鲁斯教授的"探险者宣言"诞生了。鲁斯教授强调，和人类努力生存下去所需要得到的鼓舞相比，以至和人类在生存过程中所需要获取的乐趣相比，处女地真实与否并不重要，对处女地的想象才重要，甚至于"真实"本身也是想象的一部分——不能不说，关于这一点，我完全同意鲁斯教授的意见，这种同意并非植根于对"真实"这个词语的故弄玄虚的语义解构，而是植根于一种地球人普遍接受的常识：在一个基于超巨型量子计算机仿真系统和意识场及空体所构建的层叠宇宙中，每一个层次的宇宙的真实性在本质上都是相同的。

如果鲁斯教授在有生之年有幸发现自己生活在328号系统中的真相，他一定能够淡然处之，不像某些系统人一样大惊小怪。可惜，鲁斯教授没有机会展现自己的淡定，在发表了"探险者宣言"之后不久，他就死了，死于反对者——也就是雏形状态中的宇宙派——的谋杀。警察在追捕中击毙了谋杀者，谋杀者在社交网络的留言足以证明他是一个激进的宇宙主义者，多年来因为人类的堕落而痛心疾首，终于在忍无可忍之际实施了恶行。

鲁斯教授是一个拥有广泛影响力的学者，他的死很重要。表面上看精神派失去了一员干将，但实际上精神派从被迫害中获得了更大的力量，并且成功地树立了一个伟大的榜样，更多的追随者出现了，更有体系的理论也出现了。当然，宇宙派的有体系的理论同样不会缺席，宇宙派的追随者群体同样在扩大。越来越少的是中立者，在宇宙派和精神派日趋成熟也日趋对立的日子里，中立者越来越失去了保持中立的能力，他们必须做出自己的选择。

可能是为了消解鲁斯教授被宇宙派谋杀为精神派带来的被迫害者的情感加持和舆论优势，也可能是事实，一种阴谋论开始流行。有人认为，杀害鲁斯教授的人其实不是宇宙主义者，恰恰是精神主义者，他伪装了一切，是一个灌了满肚子坏水的反串黑……甚至有人认为，幕后黑手正是鲁斯教授本人，其用心不言而喻。

这件事是米利托星上发生的少数我不知道答案的事。

那是发生在很早以前的事，即使对地球宇宙而言也过去很多日子了，当时的米利托星还没有引起我的注意。对那个时期的米利托历史，我只能通过系统自动储存的影像资料进行了解。在那个时期，作为一个遥远偏僻的无人问津的角落，系统对米利托星的影像记录相当粗略，而杀手在动手之前是一个默默无闻的人，并不值得花费系统资源……我找到了谋杀现场的影像，但除此以外，以及杀手的社交网络留言和一般性的社会关系，我没有找到更多关于杀手的背景资料。在现场，鲁斯教授后背中枪，和杀手没有交流，我无从判断他们之间是否有某种默契甚至某种计划……比起米利托人，我知道的情况并没有多出多少。

总之，我无法判断杀手到底是真正的宇宙主义者还是伪装成宇宙主义者的精神主义者，这是一个悬案。现在，我不仅加大了对米利托星的观察力度，而且已经对系统设置进行了调整，使之记录更详细的资料，尽量避免这种悬案的再次出现。

　　无论如何，米利托的多数历史学家认为，鲁斯教授是第一个死于"宇宙更远还是精神更远"的争端的米利托人，对米利托的历史发展产生了深远的影响。

　　于是，"宇宙更远还是精神更远"中的"远"获得了全新的涵义，和距离或者难度无关，而是人类能够追求的终极境界的高下之分。宇宙派认为，无论能够走得多远，即使寸步难行，真实的宇宙因其真实而是唯一选择。精神派却认为，有无数种理由可以证明，在一个强大的系统宇宙中，人类精神将可以获得无限的自由，而非困于现实的窘境。进一步，"宇宙更远还是精神更远"在严格意义上是一个伪问题。宇宙和精神根本不在一个层次，宇宙只是精神的手段，而精神是宇宙的目的。走向宇宙本就是人类精神自我实现的一种方式而已，既然真实宇宙的方式如此遥不可及，为何不能寻找一种更好、更可行的方式呢？从纯粹物质层面的多巴胺分泌的角度来讲也毫无区别……因此，唯一真正的问题是，能否以及如何建立一个强大的系统宇宙？

　　最终的答案就是米利托镜像。

　　米利托镜像的诞生并非一帆风顺。其想法以至相关的各种架构设计早已出现，一般来说，各种架构设计都希望合并米利托星上所有已经存在的量子计算机仿真系统，最大程度地集中算力，并进一步利用一切可利用的方式拓展算力，建设一个整合的、唯一的超巨型系统。但是，宇宙派肯定不会轻易容许这个想法成为现实，不遗余力进行了最大可能的阻挠。在相当长的阶段中，双方争执不下，进展和成果看似遥遥无期。

事实上，就像精神派认为宇宙派的宇宙探索占用了过多资源，从而影响了系统宇宙的建设一样，一旦米利托镜像这样的超巨型项目真正启动，宇宙探索将不得不放缓以至停下脚步——本质上这是对有限的资源的争夺。如果假想一种情况，没有"宇宙更远还是精神更远"的争论，没有米利托镜像的干扰，米利托人的宇航技术发展尽管由于缺乏中转站的存在而无法持续获得足够的信心加持，但也许总有人坚持，终有一日会取得突破。

资源的争夺不仅仅局限于宇宙派和精神派之间，而是无处不在。现实世界再次帮助了精神派：宇宙弃儿不仅被宇宙抛弃，也被自己抛弃了。

在大体顺利地发展了相当长的时间之后，米利托星终于遇到了每一个人类聚集的行星迟早会遇到的麻烦：人类发展和资源紧张的矛盾。按照当前的生活和生产模式，米利托星的有限资源已经不足以支撑米利托星的人口规模。在各种担忧、疑虑和争吵中，总崩溃日益逼近，终于到了危在旦夕的境地。

通常，这种情况下，几乎所有科技发展水平不足够高的行星的唯一选择就是迎接总崩溃：战争，残酷的大规模战争。战争之后，一片疮痍，人口减少，人们对生活的期望值大幅降低，活着就行，从而大大降低了人类对资源的需求。资源重新变得富足，并且得到更合理的重新分配，被和平年代的贪婪和享乐所压制的生产力重新得到释放——在漫长的历史中，米利托星本身也经历过很多次这样的情形。而科技发展水平足够高的行星则拥有更好的选择，据我所知，他们几乎全部将目光转向了外太空，从那里可以获得更多的资源，用星际扩张的手段来解决自身面临的问题。这种方法不是每次都成功，但总地来说也效果不错。

当然难免有例外，现在的米利托星就是一个例外，既没有陷入大规模战争也没能转向外太空，已经存在的关于"宇宙更远还是精神更远"的争论给了米利托人一个现成却又不同的选项。

应该说，米利托星必然到来的资源困境早已在精神主义者的意料之中，很多精神主义的理论书籍在困境到来之前就频繁地论及这一点，极力强调计算机仿真系统相较于真实世界对于能量和资源的超高利用效率。想想看，真实世界中一个人类肉体的存在需要消耗多少资源？计算机中一个代码人体的存在又需要消耗多少资源？在绑定意识场的情况下，二者可能的生命长度和幸福程度并没有任何区别……有人认为，在米利托星作为宇宙弃儿的尴尬处境的基础之上，潜在的资源困境原本就是"宇宙更远还是精神更远"的争论能够爆发的核心原因。

总之，米利托镜像终于成为大多数人的选择。在这个过程中，精神派和宇宙派之间爆发了不少武装冲突，但由于双方力量是不平衡的，而且温水煮青蛙的水刚刚开始温热，没有沸腾，冲突规模都有限，并非惨绝人寰的总崩溃式的战争，还不如米利托镜像建成以至全球意识场大迁移以后发生的冲突那么剧烈，就像爷爷经历过的那样。于是，精神派很快获得了胜利，宇宙派全面失势，米利托镜像终于成为了现实。

作为一个超巨型的量子计算机仿真系统，米利托镜像被埋在米利托星深深的地幔中。

米利托星拥有和地球非常类似的内部结构，地壳、地幔以及炽热并流动的液态金属核心，米利托镜像将米利托星的地幔替换掉了一层，而且是非常靠近地核的一层。地核中建立了无数能量转换装置，直通这些能量转换装置的管线为米利托镜像提供了源源不断的动力。另外，还有很多装置可以将地幔深处的高温高压直接转换为可用能源。总之，精神派竭尽所能利用一切能源……将计算机系统建造在地幔深处并贯通全球，米利托镜像的建设无疑非常困难，但从能源获取的角度衡量，最终结果相当令人满意。

说到获取能源为超巨型计算机系统供电，最好的方法当然莫过于围绕恒星建设戴森球，拦截恒星的光照，汲取恒星近乎无穷无尽的能量保证戴森球的运转。米利托人很清楚地了解这一点，但很可惜，无法选择这个方案。

尽管米利托人自己一无所知，但米利托星所在的328号系统本身就是一个地球人建设的戴森球，围绕着一个比地球的太阳大了几百倍的恒星运转。这个戴森球和地球世界中大多数戴森球一样，属于一家叫作戴森世界的系统宇宙运营商。我就在戴森世界工作，作为系统管理员之一管理着328号系统的部分区域，拥有上帝般的管理权限和观察能力，所以能够知道米利托人的故事。

328号系统内部运行着很多宇宙。据我所知，除了个别生命还来不及演化的新建宇宙和少数有特殊建设目标从而进行了某种科技限制的宇宙，否则无论哪个宇宙都有很多星球和地球人一样拥有建设戴森球的能力。328号系统是一个充斥着多维空间宇宙战争，甚至跨宇宙战争的地方——

如果不是这样，伊瓜多就不会碰上那么多烂事，可以平静度过他傻乎乎的一生了——戴森球根本算不上一个了不起的技术。即使米利托星所属的相对科技水平比较落后的 BH521 宇宙，拥有戴森球建设技术的星球也不少。但是很可惜，米利托星却不具备建设戴森球的条件。

建设戴森球，首当其冲就需要进行宇宙深空远航的技术，前面已经讲过，米利托星实在太偏远太孤独，任何方向上都没有中转站，他们未能发展出有意义的深空宇航技术。换一个角度说，如果他们能够在宇宙中远航去建设戴森球，可能根本就不会出现"宇宙更远还是精神更远"的争论了。

既然深空宇航技术不存在，不可能到外星系去寻找一个合适的恒星围绕其建设戴森球，便有人建议，围绕米利托的太阳建设戴森球。计划中是一个弧形板，可以称为局部戴森球，只遮挡太阳的一部分，通过计算，小心设计其轨道，从而避免遮挡米利托星必须获得的阳光。但是，即使如此也很困难。以米利托人的技术，很难顺利安全地到达米利托太阳的边缘，况且米利托星系内部的碎石无论是从数量还是质地来说都不足以建立他们心目中的系统，在太空中大规模收集物质、运输物质和建造超巨型设备的技术更不过关。

如果宇宙派能够坚持下去，继续发展深空宇航技术，就算很难跨越没有中转站的漫漫太空走向外星系，但建设围绕米利托太阳的局部戴森球并非毫无希望。星系内的散乱物质不够，可以使用米利托星本身的物质，只要控制规模，米利托星应该扛得住这些物质损失，而将这些物质大规模运输到太阳周围并进行超巨型设备建设的技术终究也会取得足够的发展。可是，建设米利托镜像的技术条件快速成熟，两者的技术落差无法回避，迫在眉睫的资源困境却已经濒临崩溃，宇宙派没时间了。

戴森球方案不可行，地幔就成为了一个退而求其次的选项。尽管也不容易，但一切尚处于米利托人的可控范围之内。经过漫长的建设周期，米利托人克服了无数看似不可能克服的困难，终于建成了他们想要的东西。

宇宙派仅仅发展出了有限的宇航技术，以米利托星为基地的近空宇航，但并没有完全白费。如果说米利托镜像是两方对立中的胜方——也就是精神派——的产物，那么米利托全球防御系统恰恰是胜败双方——也就是精神派和宇宙派——的妥协之果。

按照精神派的观念来看，米利托全球防御系统根本无须存在。正像米利托人走不出米利托星系一样，外星人即使存在，也不可能来到米利托星系，所谓防御需求是杞人忧天。何况，外星人很可能压根不存在，从没有迹象表明外星人是存在的。对宇宙派来说，他们无法有力地反驳精神派，防御也只是个由头，宇宙派内心深处的念想，应该是希望留下宇航科技的种子，幻想有朝一日米利托人可以幡然醒悟，重回正轨。

可惜，关于外星人，米利托人的想法未免过于自大，外星人终究还是来了。

某一天，曾经被认为毫无用处的全球防御系统尖叫了起来。经过爷爷多年的训练，伊瓜多当然知道那是什么意思，他去了地下建筑群，进入熟悉的控制室，在显示器上看到了宏大的太空舰队——和演习中的敌方舰队有所不同，但也相差不大。

从此，对抗卡维尔人成了伊瓜多每天生活中的重要事项——卡维尔人不是伊瓜多那条狗，真实的名字也肯定不是卡维尔，但伊瓜多不知道这些外星人叫什么名字，却又必须在全球防御系统中给他们起一个代号，于是就选择了自己的狗的名字：卡维尔。

好吧，需要记住，卡维尔狗并非卡维尔人的狗，而是伊瓜多身边那条名叫卡维尔的狗；卡维尔人并非真正叫作卡维尔的人，而是伊瓜多根据身边的卡维尔狗的名字命名的外星人。这有点绕，说实话，我对伊瓜多这么做是有些意见的，但他是个傻子，我只能按捺自己的不满。

可笑的是，我在系统中查询过，伊瓜多正是鲁斯教授的直系后裔。鲁斯教授是名满天下的学者，作为他的后裔，伊瓜多怎么会这么傻呢？而且，他的家族怎么就从精神派变成了宇宙派呢？很遗憾，过去的资料太少了，我没能查清楚。

3

伊瓜多的心情不错，正是夏天，尽管乌云蔽日，但气候温暖，适合室外活动。而且，寥廓的地狱荒原和以前相比有所变化，颇有些不同的气象，对伊瓜多来说充满了新鲜感。我通过监控系统观察他的时候，他刚刚指挥完成了一场全球防御系统的战斗，打得不错。他从地下建筑群上来，站在小木屋门口，望向眼前的荒原，相当兴奋，脸上露着笑容，咧着嘴，多少有点口水挂在嘴边。那个场景给我留下了很深的印象——他可真够傻的。

战斗发生在大气层之外，偶尔闪烁的亮光会划破乌云，些许硝烟聚集却很快消散，战斗一旦结束，对天空就没有什么影响了。但是，各种航天器的残骸不免堕入大气层，很多没能燃烧干净，最终落在了地面上。地狱荒原被搞得又乱又脏。目之所及，散布着不少发黑的残骸，有些残骸很小，也有些很大，甚至像摩天大楼一样巨大——离小木屋不太远的地方就有一个，要不是小木屋拥有的近身防御系统，说不定已经被残骸夷为平地。

　　能够看出，卡维尔人知道这座小木屋在战争中发挥着不同寻常的作用，此地的天空承受着比其他多数地区的天空更加巨大的攻击压力。但是，卡维尔人并不能确定所谓的不同寻常的作用到底是如何不同寻常，所以这里遭受的攻击强度并非全球独一份。按照爷爷训练过的内容，按照卡维尔狗叼飞盘般的条件反射，通过电磁信号源的二次部署，伊瓜多在全球设置了诸多虚假的指挥中心，每个虚假的指挥中心也都遭受了同样巨大的攻击强度，成功地分散了卡维尔人的注意力，对小木屋起到了一定的掩护作用。

　　伊瓜多的狗，卡维尔狗，从残骸中疯狂地奔了过来。它不停地跳跃着，才能越过那些张牙舞爪的残骸，间或会被残骸所遮挡，从伊瓜多的视野中消失，但瞬间又重新出现……就这样上下起伏、忽隐忽现，离伊瓜多越来越近。它长长的黑白相间的毛在空气中飘扬，嘴巴咧着，流着哈喇子，比伊瓜多的口水更多，眼中闪烁着光芒，满脸兴奋至极的样子……伊瓜多伸出双手欢迎它，几秒钟之后把跳起来的它紧紧抱在了怀中，而它则使劲舔伊瓜多的脸颊作为回应。

　　两者脸上的表情差不多，口水也交相辉映，真是天造地设的一对——实事求是地说，我并不喜欢他们，甚至有些厌烦，但奇怪的是，我总是忍不住去观察他们。

　　对于米利托星的历史，伊瓜多知道的不是太多。"宇宙更远还是精神更远"的话题，他听爷爷说过，但因为太傻了，始终对其含义不甚了了——

我认为是这样。不过，伊瓜多知道，自己的家族一开始是精神派的，有一个叫作鲁斯的远祖是全体精神派的偶像，是第一位死在宇宙主义者手中的精神主义者。但是后来，情况发生了变化，自己的家族变成了宇宙派。最近的岁月里，自己的父亲、母亲、两个哥哥、一个姐姐以及所有其他的亲戚，除了爷爷之外，都死在精神派手中。其实爷爷也一样，尽管他在最后一刻逃离了自己的战场，拖着重伤的身体带着伊瓜多和卡维尔，来到了地狱荒原的小木屋——他以为这里掌握在宇宙派手中——但他并没有找到人，也没有找到可用的机器人，显然这里经历过什么惨痛的事件。他未能治好自己的伤，最终难逃一死。

关于那场战斗，伊瓜多没什么印象。爷爷说，你傻嘛！你在睡觉。你睡觉可死了，吵不醒……但愿长大了不是这样，全球防御系统报警的时候可不要吵不醒你，否则外星人登陆了都不知道。伊瓜多傻呵呵地看着爷爷，也许不知道爷爷在说什么。

按理说，精神派都生活在米利托镜像中，米利托星上有价值的目标只有米利托镜像，保护米利托星就是保护米利托镜像，而保护米利托镜像就是保护杀害了自己众多亲人的仇敌……伊瓜多犯不着这么做。如果仅仅是为了自己活下去，应该找个地方躲起来，米利托星那么大。可是，爷爷一直对他说，要保护米利托星，要保护米利托星，要保护米利托星……很奇怪，爷爷会这么说。无论如何，尽管伊瓜多可能有所疑虑，却很听爷爷的话，在爷爷去世以后一直留在这里保护米利托星。

不过，更大的可能，伊瓜多没有想那么多，他只是无处可去而已。如果伊瓜多真要想找个地方躲起来并不容易。米利托星虽大，适合人类生存的地区却已经很少，以伊瓜多的能力恐怕很难找到。就连那些不需要人类参与管理的全自动的航天器补给基地都被损毁得越来越严重，智能机器都无法生存……即使没有外星人来临，迟早有一天也会尽数毁灭在狂暴的地质和气候灾难中。

米利托星越来越不适合人类生存，原因很简单：正是由于米利托镜像的存在，让米利托星发生了变化。

米利托镜像不仅需要消耗能量，同时也在散发能量。对于任何计算机系统来说，散热都是一个大问题，米利托镜像同样不例外。米利托镜像尽力实现能量的循环利用，但显然没有办法实现百分之百的循环。为了散热，这个庞然大物有无数条管线穿过上层地幔延伸到地壳的海洋中，就像有无数条管线延伸到地核中一样。只不过地核管线包裹着电力线缆，连接着地核中的发电机，是用来汲能的；而海洋管线充满了高效散热液，连接着海洋中的热交换装置，是用来散热的。即便所有热交换装置都尽其所能进行热量的循环利用，剩余热量依旧巨大，米利托镜像就是一个吞吐能量的怪物……长年累月的热量散发使米利托星发生了根本的地质和气候变化。

先是海洋温度上升，然后大气温度上升，冰盖纷纷融化，海洋几乎覆盖全球，地质灾难屡屡发生，大气极其闷热，天崩地裂般的火山、地震、海啸以及能够把人撕成碎片的狂风暴雨无处不在——地狱荒原属于极少数例外。

总之，大体上来说，米利托星已经不适合人类生存。

这正是爷爷带着伊瓜多来到地狱荒原以后，再也未曾离开的原因之一。

另一个原因是，这里拥有小木屋以及小木屋下面庞大的地下建筑群。这个建筑群很重要，是全球防御系统的备份控制中枢，也是米利托镜像的备份控制中枢，还有其他很多伊瓜多没去过也不明白的功能区。尽管是备份控制中枢，但其他控制中枢已在宇宙派和精神派最后的武装冲突中被尽数摧毁，这种情况下，这里就是全世界最重要的地方了。

这个备份中枢也曾经遭遇袭击，地下建筑群中很多地方都能找到各式各样的战斗遗迹。如果伊瓜多到处转转，一定能够发现尸体。事实上，我会讲到，后来他也的确发现了。这么看，他从不在地下建筑群中乱逛是一个正确的选择。

地下建筑群中多数功能区在袭击中幸运地保存了下来，伊瓜多常去的全球防御系统控制室和米利托镜像控制室就属于基本幸免于难的区域。但是，有一个非常关键的功能却被摧毁：信号桥接系统已不可用。

本来，在米利托镜像的设计中，精神派已经考虑到未来的全民移居，即使地表完全没有人类生活，人类也可以在镜像内操控全球防御系统，完成有关米利托镜像本身的绝大多数操作，以及操控其他系统和地表机器人。通过信号桥接，在镜像之外和镜像之内的操控能力多少有些不同，但并没有本质差别，如果配合高等级机器人，就基本无所不能了。可现在不行了，其他中枢被彻底摧毁，备份中枢的信号桥接功能也被破坏，几乎所有操作都只能依靠地表人来完成。这使得镜像人的存在永远无法忽视地表人的存在，甚至依赖地表人的存在。即使外星人不会到来，镜像人也相信外星人并不存在，这种彻底失控的情形对于镜像人来说依然是充满未知恐惧的有效威慑，是留在地表的宇宙派的重大胜利。不过，同时也给地表宇宙派带来了某种负担——如果不是这样，爷爷根本就无须操心保卫米利托星的事，伊瓜多也不用承担如此重大的责任了。

如果伊瓜多真要离开地狱荒原，唯一真正可行的目的地便是米利托镜像。将意识场迁移进入米利托镜像，他马上就能进入一个按照人类意愿规划出来的美好的世界。这个米利托镜像的备份管理中枢恰恰是能够进行意识场迁移操作的地方，而且相关功能完好保存下来。因为涉及空体的处理和储存，意识场迁移是少数即使信号桥接功能完好，人类也无法在镜像内独立完成的工作之一，至少需要地表的高等级机器人的配合。现在信号桥接功能被破坏了，无论是意识场迁移本身的流程，还是对机器人的操控，镜像人都已经失去了能力，完全掌握在地表人手中，也就是掌握在爷爷的手中。

爷爷不是没有想过意识场迁移的事，但很难下决心去实施。从爷爷自身而言，是无论如何不愿意进入米利托镜像的。他和自己的若干祖辈以及所有子侄辈都坚定地信奉宇宙主义，为了反对米利托镜像，作为宇宙派的忠实力量战斗了几百年。他经常嘟囔，历代祖先——不包括鲁斯教授——的英灵在空中看着他，他宁死也不愿意进入精神派的家园。

可是，他唯一剩下的孙子，伊瓜多，是个傻子。在自己死后，把伊瓜多孤零零地留在地表似乎不是个好主意，爷爷显然很纠结。有几次，他曾经把设备都调试好了，却又在最后关头放弃了。

后来，爷爷决定让伊瓜多自己拿主意。

伊瓜多九岁多的时候，爷爷带着他进入了地下建筑群中一个房间，一个伊瓜多之前从未进入过的房间，进行了一些操作。于是，伊瓜多看到了一个巨大的显示器画面，那是米利托镜像中的场景，给他带来了巨大的震撼。

第一个画面是熙熙攘攘的十字路口，很多人，伊瓜多从来没有见过那么多人。这让伊瓜多很紧张，全身都颤抖起来，嘴巴张开，哈喇子从嘴角流了出来……爷爷不得不轻轻拍他的头，拍了好一会儿，让他安静。终于，他逐渐安静下来。爷爷慢慢给他看更多的画面，广场，校园，住宅，商业区，等等。

从那一刻起，伊瓜多切切实实地知道并感受到了另一个世界的存在。他之前听爷爷说过，但彼时彼刻才第一次看见。

爷爷问伊瓜多，想不想进入那个世界？

尽管对那个世界的了解有限，但看到的场景足以让伊瓜多兴奋，他说他愿意进去。可他很快发现，爷爷好像并不会进去，爷爷不喜欢那个世界。于是，伊瓜多也不愿意进去了。很明显，他不舍得离开爷爷，更想和爷爷待在一起。当然，没有爷爷陪伴的话，他应该也会对新的世界充满恐惧——我设身处地替他想过，我认为在这样的时刻产生某种恐惧是非常合理的。

爷爷感觉自己快要死了的时候，又带着伊瓜多在这个房间待了一阵子，教他一些基本的操作，和全球防御系统的操作有差别，但也差不多，而伊瓜多依旧是似乎学会了又似乎没学会……伊瓜多就是这样，拥有着很稳定的不稳定性……有时候他可以打开系统观察米利托镜像中的场景，甚至可以切换各种地点和各种视角，有时候却又什么都不会。他曾经表现出的最高成就，是能和米利托镜像中的人聊天，这是爷爷生前教给伊瓜多的最后一个操作。当时，伊瓜多很像是学会了，至少爷爷努力让自己相信他是学会了。说实话，除此以外爷爷也没有什么更好的办法。

爷爷建议伊瓜多选择一个年龄和自己差不多大的孩子开始对话，伊瓜多没有意见，选择了一个小女孩。

我认同伊瓜多的选择，那是个可爱的小女孩，穿着花裙子，梳着马尾辫，背着一个不大的书包，哼着某支好听的歌，满脸轻松惬意的笑容，很开心的样子，正在马路上蹦蹦跳跳地前行，身上洒满了温柔的阳光。

忽然，她听到了说话的声音。

"喂，你好。"

这是伊瓜多在爷爷的鼓励下说出的第一句话，声音不但嘶哑，还有点颤颤悠悠。实事求是地说，尽管我十分理解伊瓜多的紧张，但他的声音的确让人听着不舒服，至少我是不舒服的。我想，小女孩也会同意我的看法。

小女孩吓得一下子就站住了，不再蹦蹦跳跳。

"喂，你好。"

伊瓜多又重复了一遍，声音依旧嘶哑，颤颤悠悠的声调有所改善，但依旧不好听。

这次，小女孩一刻也没有犹豫，立刻疯狂地跑了起来——显然想要躲避听到的声音。她大概以为，周围有什么奇怪的东西发出了声音，赶紧跑掉就可以躲开了。

我不是很确定，但我认为伊瓜多表现出了某种自卑的样子，他的表情和平常有所不同，眼皮耷拉了下去，头也向地面的方向移动……他大概意识到自己的声音太难听，小女孩被吓着了，才会急匆匆地逃跑。

伊瓜多的声音确实难听，这是他很多固有缺点的其中一项，加上紧张导致的奇异的声调变化，孩子害怕很正常。但是，爷爷不认为小女孩逃跑是伊瓜多的声音难听导致的。爷爷说，小女孩年龄太小，很多事还不懂，所以才会害怕，和声音没有关系……我认为爷爷是在安慰伊瓜多。

不过，爷爷下面说的话是真实的：如果是成年镜像人，不仅不会害怕，还会喜出望外。

但爷爷告诫伊瓜多，除非两种情况下，否则不要联系成年镜像人。一种情况是，他不想在这里待着了，想要进入米利托镜像；另一种情况是，真的有外星人入侵，全球防御系统已经防御不了。这两种情况下才需要找成年镜像人帮忙，否则，找那些成年镜像人没有任何好处，反而会有危险。

爷爷的告诫不算太严厉，看样子只是有所担心，觉得傻傻的伊瓜多会被聪明的成年镜像人欺骗。但伊瓜多很听爷爷的话，在爷爷去世之后没有联系过成年镜像人——不仅没有联系过成年镜像人，也没有联系过孩子。

伊瓜多很想和那个小女孩聊天，经常打开影像通讯系统去观察那个小女孩——有时成功有时不成功，但成功的次数越来越多，他有点熟练了——好几次差点就要张嘴对小女孩说话。不过，可能是依旧自卑，或者可能是单纯担心小女孩感到害怕，说话了也不会有好下场……总之他未能克服自己的心理障碍，终于没有张嘴。

现在，好几年过去了，伊瓜多是小伙子了，小女孩也是大姑娘了，伊瓜多依旧没有张嘴。

　　或许终于要张嘴了，即使自卑或者有所担心也要张嘴。目前，爷爷说的两种情况中的一种已经出现：外星人来了，伊瓜多指挥着全球防御系统战斗了好多天，看来是坚持不下去了，他意识到了这一点，到了该联系成年镜像人的时候。

4

伊瓜多准备开口说话那会儿，姑娘正坐在自己家的客厅，透过大大的窗户，客厅里像当年马路上一样洒满阳光。姑娘穿着一身碎花睡衣，整个身体陷在一个松软舒服的大沙发中，浓密的黑发瀑布般散落在沙发的靠背上，翘着二郎腿，翘起的那条腿不停地晃一晃，脚尖上堪堪搭着一只花色的棉布拖鞋，在一个奇妙的平衡之中微微摇摆，眼看着要从脚尖跌落下来，却始终没有跌落。姑娘的嘴里咀嚼着什么，可能是口香糖，腮部有节律地起伏，手里捧了一本装帧精致的书，细长的手指轻扣着书页，看得很专心。某种音响设备正在播放一支悠扬的歌曲，声音不大，一个女声婉转吟唱：

我在家乡撷起绿叶，
悠悠地做将来的梦。

将来的梦写在手上，

将来的梦画在眼里，

将来的梦生长在叶子上，

我踮起脚尖，

撷起一叶清晨，一叶黄昏。

于是我便，

风尘仆仆地上路。

　　尽管和小时候的样子相当不同，但姑娘依旧浑身散发着和那时一样的放松惬意的气息，让人看着也不禁放松起来——我有这种感觉，不知道伊瓜多是否同样如此。不过我发现，姑娘的睡衣下摆有一块污渍，可能是油，也可能是其他什么东西，黑乎乎的，不好看，让我浑身不舒服，放松的身体竟然又紧张起来……我忍不住动了一点小手脚，让那块污渍消失了，这件事很简单，我是系统管理员嘛……下次这件睡衣再出现的时候，就只有碎花，没有污渍了，我很欣慰，只是最好不要被人发现，这种行为肯定是违规的。

　　按照爷爷的说法，如果要联系镜像人寻求帮助，随便联系一个成年镜像人就可以，虽然不是每一个人都能够直接给伊瓜多提供帮助，但任何一个人都会把伊瓜多引导到真正能够提供帮助的人那里去。伊瓜多肯定不明白为何如此，他只是习惯于相信爷爷的话。这位姑娘年龄还不是很大，应该马马虎虎算是成年人吧……几天的时间里，伊瓜多已经不是第一次寻求开口说话，这对他不是一件容易的事，每一次都欲言又止，今天同样不例外。伊瓜多显然很喜欢姑娘的样子，傻呆呆地看了半天，似乎不舍得开口说话……当然，他也可能仅仅是自卑或者胆怯，并没有我这种浪漫的想法。

有一件令人遗憾的事，尽管我是系统管理员，却也无法准确揣摩伊瓜多的心思，只能依靠一些模糊的直觉做出判断，我对自己的判断并没有太多信心。我曾经给公司提过意见，认为系统应该就此提供一些帮助，但显然我的意见被视为幼稚无知的表现，除了或多或少的嫌弃之外，没有得到任何有意义的回应。真是奇怪，时至今日，戴森球的网络在宇宙中肆意蔓延，横亘数百万光年，触角不断伸向更遥远的边疆，将原本应该奔腾着涌向漫漫虚空的恒星的光无情地掐断在自己狭小的怀抱中，孕育一些奇怪的东西……孕育是成功的，戴森球内的世界蓬勃发展，无数个系统宇宙生机盎然，和地球宇宙高度相似，或者和地球宇宙截然不同……但人类的思维依旧是个迷，系统无法给出任何答案。即使是戴森球中的系统人，一旦诞生意识场，就和地球人一样，进入了混沌而不可知的疆域，消息不复可闻，再也无法探究其神秘幽深而又变化不定的内心。

很幸运，今天的伊瓜多战胜了自己。过了很久之后，姑娘快要把她的书看完的时候，歌曲已经换了若干支，伊瓜多终于开口了。

"喂，你好。"

伊瓜多说的话和当年小时候说的话一样，嗓音也和当年一样嘶哑，甚至颤颤悠悠的声调都变化不大——此时，这种难听的声音恰到好处，姑娘应该很容易将这声音从悠扬的歌声中辨别出来。

爷爷说得没错，镜像中的成年人不会害怕听到伊瓜多的声音。这位姑娘小时候被伊瓜多的声音吓跑了，现在却没有。不过，她晃动着的二郎腿停住了动作，脚尖的拖鞋终于掉了下来，砸在地板上，"噗"地发出一声闷闷的响动。她抬起了头，眼睛睁大了，目光离开书本，直勾勾地望向偏右侧的前方，那个方向的墙面上挂着一幅画，画面中是苍凉寥廓的荒原，除了遍布砾石的地面空无一物，和伊瓜多生活的地狱荒原颇有几分相似。

她愣了一会儿，平静地回答："你好。"

我不是很乐意描述两个人的沟通过程，很显然，这个过程并不顺畅。伊瓜多本来就傻，除了爷爷以外没有和其他人说过话——不记事的时候除外——不擅长和人聊天是显而易见的。爷爷去世之后，他更是在若干年时间里没有和任何人说过话，仅仅和卡维尔狗说话。而卡维尔狗毕竟是一条狗，不会回答他的话，只会"汪汪汪"地叫几声，也不知道是什么意思。当然，伊瓜多总是认为自己了解卡维尔狗的意思，甚至会批评卡维尔狗在不该笑的时候笑，在不该严肃的时候严肃，所以他们的对话才能继续下去——正是拜托这一点，伊瓜多的语言能力尚存，没有完全废掉，但指望他清晰流畅地描述清楚某件事情是不太现实的。

姑娘花费了很多时间才大概搞明白伊瓜多想要表达什么，其中大多数内容应该是猜出来的。她的猜测能力不错。如果是我，也就能猜到她这个样子了，也许还不如她。

最后时刻，姑娘进行了一系列的确认。能够看出来，除了自身的谨慎以外，她还接受过某种培训。

"你是说，有外星人入侵，你正在抵抗，但快要失败了，需要我们的帮助？"

"嗯，嗯。"

"外星人是卡维尔人，而你的狗也叫卡维尔？"

"嗯，嗯。"

"你是宇宙派，不是精神派？"

"嗯，嗯。"

"你有一个爷爷，但已经去世了？"

"嗯，嗯。"

"爷爷告诉你，他去世后，米利托星只剩下你一个人？"

"嗯，嗯。"

"你叫伊瓜多？"

"嗯，嗯。"

"你看着我呢？"

"嗯，嗯。"

姑娘歪着头，眼睛眨巴着，翻了几个小白眼，还挠了几下头，把一头秀发搞得有些凌乱。显然，她在琢磨什么，又琢磨不清楚，有点头痛。她可能在想，有没有漏掉的问题；也可能在想，面对这样一个忽然从虚空中传来的神奇却又难听的声音，傻乎乎的，即使有新的问题，有没有必要继续问；或者说，有没有必要由自己来继续问，多半问也白问，不见得会得到答案，反而会徒增自己转述给别人时的麻烦——如果是我，我一定会这么想。

整个过程中，伊瓜多没有问过任何问题，甚至不记得去问这位姑娘叫什么名字。这么多年，尽管伊瓜多经常观察这位姑娘，但我认为他不知道这位姑娘叫什么名字。他观察的时候，这位姑娘总是在自家的客厅里，也就是说，伊瓜多总是在观察姑娘家的客厅，他应该很少有机会听到有人叫出姑娘的名字——在我的印象中，姑娘经常待在客厅，她的家人却很少同时出现。

我不确定，为何系统视角一直在同一个地方。伊瓜多也许是忘记了如何切换系统视角去观察别的地方。鉴于伊瓜多的傻，果真如此完全可以理解。在爷爷去世之前，影像通讯设备最终的观察视角就在这个客厅，伊瓜多从未调整过。这可能是伊瓜多联系这位姑娘而没有联系其他镜像人的真实原因。当然，也许不是这样，伊瓜多联系这位姑娘可能仅仅因为喜欢这位姑娘，或者是喜欢这个客厅，他记得如何切换系统视角却不愿意切换。我搞不清楚，这是没办法搞清楚的事。

很明显，伊瓜多一直很紧张。几年来，他盯着这位姑娘不知看了多长时间。我相信，他对姑娘就像对自己一样熟悉。在这样一种特殊的环境中，很容易形成一种情感的联结，仿佛对方是自己的一部分，又或者自己是对方的一部分。但是，另一方面，除了最初的那句把姑娘吓跑的问候以外，伊瓜多再没有和这位姑娘说过话。和她聊天，不要把她吓跑，也许是伊瓜多几年来的最大愿望。今天，愿望终于成为现实。尽管是为了寻求帮助，可伊瓜多应该很蒙，沉浸在夙愿得偿的激动之中，心脏怦怦乱跳，脑袋充血，神经元放电有些混乱——系统不能告诉我伊瓜多到底在想什么，但系统能够准确地显示伊瓜多的所有生理指标。我一眼就能看出，和平常相比，这些数值有相当大的变化，伊瓜多的内心一定产生了复杂的感受。

"我叫娜欧米。"

这位姑娘清醒得多，她主动告诉伊瓜多自己的名字。

一开始伊瓜多没有回答，可能因为这不是一个问句，他不太清楚该如何回答。不过，过了一会儿，他似乎反应了过来。

"嗯，嗯。"

伊瓜多的回答和面对问句时的回答一样。

"也许明天这个时候，我们还可以在这里聊一聊？"

娜欧米没有问更多的问题。看来她做出了决定，不打算在第一次沟通时问太多问题，打算结束对话。我想，她深刻地感受到了对方的傻，不愿意浪费时间。

娜欧米还告诉伊瓜多，她会去找合适的人来参与沟通，给予伊瓜多有效的帮助，这件事不是她一个人可以做到的。伊瓜多不一定理解这一点，但至少，明天的约定他应该是理解了，对娜欧米来说这已经足够了。

娜欧米始终保持着镇定，不再对伊瓜多的声音感到吃惊或者害怕，也没有对伊瓜多表达的内容做出任何强烈反应，记得确认不清晰的内容，记得约好下一次对话的时间……这一切不是偶然发生的，也不是因为娜欧米本人有什么格外镇静的特质，而是基于米利托镜像中所有人在进入成年时所接受的特殊教育。

镜像人知道，虽然不是百分之百，但有很大概率，某一天，某一位镜像人，会接收到来自米利托地表世界的消息。那时，无论是谁，一定不能惊慌，必须抓住那个消息，抓住稍纵即逝的机会，从而拯救米利托镜像的未来……也许说不上拯救未来，只是改善未来，镜像人对此意见不一……总之很重要。

娜欧米只不过恰好是那个人。但是，尽管理论上每一位镜像中的成年人都做好了准备成为那个人，实际上却未必如此。镜像人运气不错，娜欧米对这种教育的精神领会得很透彻，要点也记得很清楚，她是个努力学习的乖孩子，而且由于年龄的原因，刚刚接受这种教育不久。可以想象，即使有心理准备，肯定不是每一个人都能够像娜欧米一样做得这么好。特别是考虑到伊瓜多是个傻子，他的表达词不达意，逻辑混乱，声音又难听，让人厌烦，从一个陌生人的角度来说甚至显得十分诡异。

　　娜欧米表现得很棒，如果是我恐怕早烦了，谈话也许根本无法进行下去，可能就失去了这次机会。当然，我不是镜像人，很难体会镜像人那种失去和心目中的现实世界的联系之后的紧张和恐慌。他们怀着重新建立联系的强烈渴望，而我虽说理解这种渴望，却仅仅是一种理性认知，没有感性体验，自然更容易烦躁。

　　无论如何，伊瓜多和卡维尔狗平静的日子将被进一步打破。卡维尔人的入侵已经打破了这种平静，但和镜像人的联系将使一切更加支离破碎。

对于历史，镜像人比伊瓜多了解的多得多，但也仅限于和在米利托星地表留守的镜像保卫部队进行最后一次联系之前，那之后发生在米利托星地表的事，镜像人就一无所知了。

镜像人很清楚，镜像保卫部队全军覆没了，一位年轻战士的悲惨声音，不知道被播放了多少次：

"死了，死了，都死了，他们都死了，我也要死了……"

就是这样一句话，然后通话中断了。

在伊瓜多对娜欧米说话之前，这句话一直是镜像人从地表世界中听到的最后的声音。镜像人尝试过很多方法，但再也未能恢复通讯，再也未能听到过只言片语。同时，所有和地表系统关联的信号桥接功能也都被破坏，无法操控地表机器人，无法操控全球防御系统，无法操控自身所生活的米利托镜像。

镜像人的想法基本正确，镜像保卫部队的确全军覆没了。不过，也有一点偏差。多数镜像人认为宇宙派大获全胜，实际上宇宙派没占到多大便宜，大体算是和镜像保卫部队同归于尽了，只剩下伊瓜多和爷爷两个人活着，爷爷还受了重伤，两年之后也去世了。

镜像人做出错误判断的原因是合理的。

宇宙派的战斗力肯定不会比镜像保卫部队强大，否则谁都知道应该加强镜像保卫部队的力量。自从镜像大迁移以来，镜像中的幸福生活得到验证，没有什么精神主义者愿意生活在地表，全都迁移进入了镜像。但为了保护镜像，总还是能够找到具有自我牺牲精神的人，镜像保卫部队就由这样的人组成。

在偌大的米利托星地表，完全剿灭宇宙派不太可能。多数镜像人都认同，这将是一个长期对峙的局面，直到宇宙派在恶劣的地表环境中自然消亡，或者最极端的宇宙派也能够平静地接受米利托镜像的存在，甚至转化为精神派为止。因此，镜像保卫部队的建设目标一直立足于保护镜像，并不会主动施行大规模的进攻性战略，其人员规模也就受到了限制。

这样一种情况下，在米利托地表，按照普通的理解，由于宇宙派在武装力量之外拥有大量平民，而精神派则没有，所以地表世界中宇宙派的总人数远远多于留守的镜像保卫部队的总人数，无论如何都很难想象宇宙派和镜像保卫部队会同归于尽，宇宙派至少会有大量平民幸存。

不过，事实并非如此。

尽管镜像人知道，米利托镜像的散热系统导致的米利托星环境的恶化程度超出最初的想象，在这样的环境中，宇宙派的自然消亡具有明显的加速趋势，但镜像人不知道的是，这种消亡比他们以为的还要迅速得多。

镜像保卫部队占据的地表位置都在各种控制和补给设施周边，而在镜像建设之初，精神派自然尽量为所有设施选择预期较好的位置，例如地狱荒原——当时的地表环境中，这些位置并不好，反而很差，要占据它们并不难——这使得镜像保卫部队未能亲身体会地表环境的迅速恶化，难免有些大意。

通过各种监控设施，要说镜像保卫部队完全不了解环境的恶化程度也不准确。但作为敌人，宇宙派千方百计阻止镜像保卫部队了解到宇宙派群体迅速衰落的真实情况。为了自保，防止镜像保卫部队趁机发动总歼灭战，宇宙派大量传递了虚假的信息，似乎自己活得还不错，导致镜像保卫部队错误地估计了对手。如果仅仅谈及环境在监测数据方面的恶化，镜像保卫部队尽管了解，却可以说乐见其成，没有理由为之改变自己。

准备发动总歼灭战的不是镜像保卫部队，而是宇宙派。生存环境日益恶化，他们已经无路可走。在决战前的一个阶段，他们的总人数依旧比镜像保卫部队多，但多不了太多，军事装备却处于明显的下风，他们只能全民皆兵。事实上，在那样一个恶劣的环境中，全民皆兵一点也不奇怪——恶劣的环境比敌人更加难以战胜，无法参战就意味着无法生存。

双方决战的过程并不漫长，倒也跌宕起伏，有英雄也有懦夫，有豪迈也有畏缩，有明智也有愚蠢，既充满了必然性，也有无数偶然性。但有一点很关键，武力上处于弱势的宇宙派采取了一个非常正确的核心战略：首先接管或摧毁镜像世界和地表世界的联系，包括意识场迁移系统和信号桥接系统，防止镜像人任何形式的补给，特别是人员的补给。如果地表只有现存的镜像保卫部队，不会有新增人员，也不会有被镜像人控制的机器人或自动武器系统，那么宇宙派就有一线生机，可以扭转局势。

决战在全球同时打响，地狱荒原最早传来捷报，宇宙派控制了这里。这是爷爷带着伊瓜多来到地狱荒原的原因，但和想象的不同，捷报传得早了，宇宙派肯定遭到了镜像保卫部队某种形式的反扑，最终真正地同归于尽了。

事后，伊瓜多并不知道，但爷爷为了确认全球范围内的情形花费了不少力气，各种通讯设施被反复尝试，却从未收到过任何来自宇宙派或者精神派的信号。他只能认为，宇宙派和精神派都不存在了，仅有他自己和伊瓜多还活着。这不奇怪，就算有些人幸存，如果运气不足够好，用不了多久也会被大自然消灭。

作为系统管理员，作为全能全知的上帝，我可以作证，事实上就是如此。其他地方的战斗并非严格地同归于尽，都有胜者和败者，但不幸的是，各种设施全被损坏得很厉害，不再可用。不仅仅是全球防御系统、米利托镜像或者其他系统的操控设施，更重要的是生命维持系统，比如机器果园。而没有生命维持系统，在当前的地表环境下，任何人都活不了几天。

镜像人并不了解这一切，只知道自己和现实世界失去了联系。

作为生活在系统宇宙中的人，和现实世界失去联系是彻头彻尾的灾难，必须认真对待。何况，镜像人认为，目前在现实世界中掌握了镜像系统控制权的人是敌对了数百年的宇宙派——显然，米利托镜像处于极大的危险之中。

最差的情形，宇宙派也许会将米利托镜像关机，那不过是举手之劳，甚至不需要慎重的决策，仅仅需要简单的冲动就够了。或者说，即使大多数宇宙派是清醒的、人道的，但只要有一个宇宙派是充满了仇恨的疯子，一切就可能失控。真要那样，精神派几百年的努力将付诸东流，几百亿镜像人将瞬间消失。

没人做得出来，没人下得去手……这是精神派唯一的安慰。不过，这种想法很难让人完全放心，毕竟对于宇宙派来说，精神派一贯的所作所为正是所谓做不出来，下不去手的事。

米利托镜像的散热系统使米利托星整体升温，逐渐毁灭这个星球，使之成为完全不适合人类居住的场所，宇宙派作为想要继续生活在这个星球上的生物，栖息地持续减少，总有一天将完全无处可去——这一切并非突然发生，在米利托镜像建设之初，就有无数理论著作进行了预测和分析，可以说，每个人都清楚这种前景，但精神派仍然义无反顾地前行。如果这种事都算不上做不出来，下不去手的事，还有什么事能算呢？

所以，如果宇宙派真的想要对精神派进行丧心病狂的报复，将米利托镜像关机也不是说不过去。至少，从理论上不能排除这种可能性。何况，关机行为不仅仅是报复，更是遏制米利托星升温，从而挽救米利托地表的环境，挽救宇宙派的生存，以至挽救米利托地表生物圈中所有生命生存的必要步骤。

毫无疑问，这种推论让镜像人非常紧张。

镜像人仍然抱有希望，因为米利托星被毁得差不多了，地表生物圈已经大大缩小。总地来说，如果做数学题，地表世界中的生命，无论是人类还是其他生命，无论是品种还是数量，都远远少于米利托镜像中的生命。

但凡宇宙派尚且存在一点点同情心就会明白，通过毁灭米利托镜像而拯救米利托星地表生物圈的选择是极其不合理的，是极其没有人性的。

镜像人联合政府就此事进行了认真的研究和推演，最终他们认为，幸存的宇宙派真的将米利托镜像关机的可能性极小，无须过于担心。比较有可能的是，宇宙派会降低米利托镜像的运行速度——也就是调慢米利托镜像的系统时钟——使米利托镜像对计算能力的需求大幅降低，从而使能量的消耗水平降低，散热水平便会同步降低。这种情况下，想要完全恢复米利托星的生态不太现实，却有助于大大减缓生态的破坏，减缓的程度取决于将米利托镜像的运行速度降低到什么程度。

对镜像人来说，这当然也不是一件好事。不过，降低米利托镜像的运行速度，尽管会使得镜像世界相对地表世界成为慢动作的世界，但根据相关的科学理论，镜像人并不会有主观感受。除了心理因素以外，镜像人的生活不会受到实质性影响——这是关于米利托镜像在新形势下安全性的官方结论，令人尴尬，也令人鼓舞。

那么，从采取应对措施的角度看，下一步，镜像人能做些什么呢？关于这个问题，没有人想得出真正有用的办法，唯一能做的事只有等待，等待地表世界中的宇宙派主动和镜像人联系。

之前，镜像保卫部队的成员拥有各种通讯手段，可以和镜像人保持双向联系。但是，宇宙派和镜像人之间却从未建立过双向通讯系统，以往很少的联系都是通过镜像保卫部队完成的。现在，镜像人无法主动联系宇宙派。而宇宙派如果要和镜像人联系，只能启用特定的通讯系统——地狱荒原的备份控制中心就是选项之一。

选项不是唯一的，镜像人无法推测战争过后哪个选项还是可用的。不过，他们也无须关心宇宙派会选择哪个选项，无论哪个选项的效果都是一样的。唯一的问题是，如果宇宙派要联系一位镜像人，他们会联系谁？联系不同的镜像人，恐怕后续发展也会有所不同，这件事必须做好准备。

经过分析，镜像人联合政府认为，宇宙派作为一个整体，考虑到和精神派之间完全不同的人生理念以及数百年积累下来的仇恨，很难有机会做出一个官方的、正式的决定和镜像人恢复联系。从宇宙派的角度看，无论是对镜像无所作为，还是降低镜像的运转速度，甚至在极端情况下将镜像关机，又或者采取其他什么难以预料的行为，和镜像人进行联系似乎都是毫无必要的。

但是，作为宇宙派的某位个体，情形会有所不同。

大家回忆起，最初计算机仿真系统诞生的时候，人们的心中充满了好奇。那时候，米利托人还没有宇宙派和精神派的区分，所有人都是好奇的。没有理由认为，现在以及将来的宇宙派中的个体会有什么不同——他们的心中也将充满好奇，至少其中某些人的心中会充满好奇。因此，有很大的可能性，某些宇宙派个体会忍不住迈出对于他们的团体而言相当危险的一步，和某个镜像人建立联系，从而体验一下作为上帝的感觉，就像当年人们选择建设越来越多的计算机仿真系统，最终选择建设米利托镜像一样。

从宇宙派团体的利益出发，这种联系是非法的，因而肯定是私下的、保密的，选择的联系对象也就可以肯定，将是一个不引人注意的普通的镜像人，以免透露消息——尽管最终的透露不可避免，但人类总会心怀侥幸。

很难预测几百亿镜像人中哪一位会被选中，唯一的应对方法显而易见：对所有镜像人进行预防性的教育，要求任何镜像人，一旦被地表世界中的宇宙派联系，就应当立刻通知联合政府，然后利用好这个打开的缺口，一步一步恢复最终的全面联系。

当然，这种间谍教育不可能瞒得过理论上能够通过监控系统对镜像世界洞察一切的宇宙派。但是，即使知道每个镜像人都会接受间谍教育，充满了好奇心的宇宙派个体就一定能够战胜自己的好奇心，而坚决杜绝和镜像人的联系吗？

不，人类总会心怀侥幸，总会心怀侥幸，总会心怀侥幸……有人指出，这本身就是一种极其幼稚的侥幸心理，将自己的成功建立在对方的侥幸心理上。但也有人反驳，不如此又能如何呢？

所以，大家接受了这样一种想法：一定会有宇宙派个体认为，自己选择的镜像人个体尽管接受了间谍教育，却不会成为镜像人联合政府的间谍，他们会忍不住进行某种形式的联系。理论上，宇宙派个体有很多方法可以达成这个目的，恐吓、诱惑、欺骗，等等，他们会认为自己有能力掌控局面。

研究者承认，如果有多位镜像人被宇宙派联系，恐怕其中相当一部分确实会满足于自己和上帝之间的这种秘密关系，可能会从中渔利。比如通过宇宙派个体将监控系统作为自己的眼睛，轻而易举地获知原本不可能知道的遥远的地方发生的事。甚至，有人据此创立一个宗教也说不定，只要有宇宙派个体的配合，他们完全可以成为一个神，镜像人的神。

我认为，镜像人的思考是正确的。在戴森世界这么多系统中，在系统内这么多层级的宇宙中，确实有很多人由于各种原因知道了上一层级的存在，以至和上一层级建立了某种神秘的联系，他们中的多数并没有通知其他人，而是通过这种优势为自己牟利。反倒是少数宣扬了这个秘密的人，却经常出现各种状况而社会性死亡，有时是肉体性死亡。当然，米利托星的情况不同，宣扬和米利托地表世界的联系将会成为英雄，但秘而不宣并进行某种形式的重新包装进而牟取私利依旧是一个诱人的选择。

不过，研究者相信，即便如此，也不能认定所有人都会秘而不宣，皈依上帝而背叛自己的世界——总有人会通风报信。退一万步说，就算所有人都皈依了上帝，其他人通过观察和研判，也能发现蛛丝马迹，总会有不正常的事发生。

这有些道理。在其他系统中，某人号称能够和上帝沟通从而创立一个宗教也许是可能的，但在米利托镜像中这样做，一定会在第一分钟就引起所有人的怀疑。

事实上，学者的研究很快导致了镜像系统中对所有已经存在的宗教的一次大规模的彻查。当然，结果是一无所获。

整个思路包括几个环节。其一，是否有宇宙派个体忍不住好奇心或出于其他目的联系了镜像人；其二，被联系的镜像人是否会被宇宙派蛊惑而隐瞒自己和宇宙派建立起联系的事实；其三，如果有人通报了消息，镜像人谈判专家能否说服没能忍住好奇心的这位宇宙派个体反过来成为镜像人在宇宙派中的间谍——既然这位兄弟没能忍住好奇心，可以认为他在政治上以及心智上是不成熟的，显然有机可乘。

上述推断是一个心理博弈过程，很多人觉得这是想当然，没什么意义，但这也是没办法的办法，最终还是被采纳了。不过，其中有些妥协，只有年龄超过十八岁的人才会接受这种教育，随时准备被宇宙派联系，并且将这种联系通报给镜像人联合政府，以便政府派出谈判专家介入，直至最终接管这种联系。

镜像人联合政府明显把这件事复杂化了。也难怪，他们不了解实际情况。其实这件事很简单，地表世界中只剩下一位宇宙派的后裔，还是伊瓜多这样一个傻子，不可能有什么复杂的想法。

不过，镜像人联合政府的安排终究起了作用。

当娜欧米被伊瓜多联系后，镜像人联合政府立即获得了娜欧米通报的信息。一个已经准备多年的谈判小组迅速集结，和娜欧米一起，在娜欧米和伊瓜多约好的时间出现在了娜欧米家的客厅，和伊瓜多展开了交谈。

爷爷了解镜像人的战略，所以才会让伊瓜多在不需要帮助时不要联系任何成年镜像人，而在需要帮助时随便联系一位成年镜像人就好。也许爷爷没想到，伊瓜多只会联系娜欧米，只能看到娜欧米家的客厅，但这没有什么关系。而且他想到了也没用，伊瓜多最多就能做到这个样子了。

好在，怎么样都没关系，伊瓜多终究和镜像人建立了联系。

"能看看你长什么样子吗？"

"嗯——"

"不可以吗？"

"嗯——"

"给我们一个三维投影吧！"

"嗯——"

"怎么了？"

"嗯——"

"明白了，你不会操作。那就给我们一个二维影像吧，你应该看到了，墙上挂着显示器，输入接口很简单，和你们控制中心使用的设备是完全一样的，没有升级过。"

"嗯——"

"你不会吗？"

"嗯——"

"那我们不看你长什么样子了，让我们看看你的房间吧，或者看看房间外面的景象。"

"嗯——"

"怎么了？"

"嗯——"

谈判一开始就陷入了僵局，还好，没有出乎谈判小组的预料。

谈判小组由四位专家组成，马奥先生、雪莉女士、布尼先生和斯基赫先生。他们和娜欧米一起坐在娜欧米家的客厅中。客厅的墙壁上新挂了一台大屏幕二维显示器，是刚刚从其他地方搬来的，娜欧米家里原本没有这东西，只有布置在每个墙角的三维投影组件。二维影像设备太落后，大家通常看三维影像。不过此时，谈判小组做出这样的安排显然是有原因的。

布尼先生是位著名的博弈专家，擅于从平淡的话语中挖掘出隐秘的策略。一早听娜欧米讲述她和伊瓜多的对话时，布尼先生就意识到了某些不对劲的地方。他说，这件事没有那么简单。

布尼先生认为，但凡这位伊瓜多先生是个正常人，面临所谓的外星人入侵而自己无法抵抗的局面时，不可能选择娜欧米这样一位普通的镜像人进行联系。尽管镜像人的确考虑到每一位普通人都可能成为宇宙派的联系对象，但不是为这种危急的情况准备的——除非这种危急情况是个谎言。而如果危急情况属实，就很难解释了。

这位伊瓜多先生肯定知道娜欧米自身对外星人的威胁无能为力，只能将他引导到权力部门，否则这种联系还有什么意义呢？而且，娜欧米明确告知了伊瓜多先生，她会联系权力部门，一起和伊瓜多先生沟通。那么，既然伊瓜多先生明知如此，为什么不直接联系权力部门呢？毫无疑问，作为上帝级别的存在，他是有能力联系任何镜像人的。在这样一个事关米利托星生死存亡的紧要关头，省去任何繁文缛节直达目标，从而提高效率，不是很重要的事吗？谈判小组只花了十分钟做功课，就确定娜欧米这位姑娘没有任何特殊之处，找不到理由认为这位伊瓜多先生会觉得联系娜欧米是比联系权力机关更好的选择。

布尼先生的推论过程不能说错，推论的起点却是错误的。当他说"但凡伊瓜多先生是个正常人"的时候，显然已经假定伊瓜多先生是个正常人，事实上伊瓜多先生恰好不是个正常人，而是个傻子。所以，我从来都说伊瓜多，而不说伊瓜多先生，我认为将这种表示尊敬的称呼用在伊瓜多身上并不准确，甚至散发出某种令人恶心的虚伪味道，我会感觉浑身都不舒服。

为了验证自己的推论，布尼先生要求，在娜欧米家的客厅中挂上了这台古旧的二维显示器。镜像中无处不在的三维投影设备在米利托星地表使用得不是那么普遍，而且输入输出接口演化过很多代。但二维显示器不同，这是最古老、最简单的视觉设备。镜像人拥有的资料显示，在米利托星地表有关米利托镜像的所有控制中心或者备份控制中心，二维显示器都应用得非常普遍，很难想象有任何一位控制中心的工作人员不会使用二维显示器，伊瓜多先生没有理由是一个例外。特别是，考虑到伊瓜多先生有能力使用通讯系统联系娜欧米，而且按照伊瓜多先生自己的说法，他甚至有能力操控全球防御系统和外星人鏖战以至对峙如此之久，如果不会使用二维显示器实在是万万不可能的。不仅是资料记载，曾经在控制中心工作过，后来进入镜像的老人也讲过，将现实中的影像传输到镜像中的二维显示器上只需要非常简单的操作。

总而言之，当谈判小组提出要看看伊瓜多先生的样子，或者房间内部，或者房间外部的景象时，伊瓜多先生推说不会将影像传输到三维投影设备也许还有的辩解，但如果推说不会将影像传输到二维显示器，就显然是撒谎了。

可惜，伊瓜多这位所谓的先生确实是不会。

布尼先生并非预料伊瓜多先生一定会撒谎，挂上一个二维显示器仅仅是有备无患。所以，当这个"果然在撒谎"的结论真的出现时，很难讲布尼先生是个什么心情，也许掺杂了料事如神的得意和事情难办的失望，还有对未来的担忧。

作为上一层级的系统管理员，我仔细观察了布尼先生的表情，却得不到任何信息，系统显示，他的生理指标也波澜不惊。作为一个博弈专家，又参与了谈判小组，他当然很善于控制和隐藏自己的心情，此时此刻多半就在这么做——倒不是为了骗我，他不会知道我的存在，但他知道那位伊瓜多先生能看到他的表情。

并不是每个人都像布尼先生一样充满怀疑精神，预先进行了怀疑，至少娜欧米不是，她认为这些专家的思维不好理解——如果不说他们不正常的话。娜欧米告诉大家，她感觉这位和她通话的宇宙派是个傻子，脑袋不大灵光。但是，这个说法没有得到大家的认同。

上一次的通话没有录音——对镜像人来说是如此，对伊瓜多所在的控制中心其实是有录音的，不过伊瓜多并不知道，知道了也没有意义，他如果能够善用这一类东西，他就不是伊瓜多了。总之，娜欧米无法展示对话的录音。除了对上次谈话的复述，未能提供更多的资料供专家们分析，也无法说服几位专家伊瓜多是个傻子。专家们尽管没有表现出来，但对这位不到二十岁的姑娘做出的判断的轻视是不难想象的。

雪莉女士是位心理学家，她对布尼先生的怀疑持有一定的保留态度——并非反对，只是保留。她认为，从心理学角度看，伊瓜多先生舍易求难的行为很像是对内心中某种隐秘渴望的满足过程。如果布尼先生的怀疑是成立的，危机是假的，这种隐秘的渴望可能和窥探以及恐惧有关，人类总是迷恋于窥探别人的恐惧并为之兴奋，不然恐怖片就不会那么流行了。而如果布尼先生的怀疑是错误的，危机是真的，那么这种隐秘的渴望可能和自抬身价有关，毕竟通过娜欧米，伊瓜多先生联系镜像人的起点转变成了镜像人权力机关联系伊瓜多先生的终点，主客易势，既有利于博弈，也有利于心理建设。简而言之，两种情形都能找到合适的心理学动力。

斯基赫先生是物理学家，很自然地认为任何可能性从科学角度出发都不能排除。目前明显缺乏足够的信息，而在没有足够信息的情况下做出任何推论都是不科学的。但是，反过来说也行，这种情况下做出任何推论都是科学的，因为推论者可以任意设定参数以使得自己的推论成立。所以，只要参数的设定合适，布尼先生的怀疑也言之成理——尽管自己不了解布尼先生的参数，布尼先生自己也讲不清楚。即使退而求其次，希望对布尼先生的推论求出概率空间，信息同样不足够。但可以肯定，其概率并非无限接近于零，因此不能视而不见。

马奥先生是哲学家，他认为布尼先生的怀疑是否正确并不重要，不妨等待时间给出答案。重要的是"怀疑"这个行为本身蕴含巨大的价值，是人类存在的前提和基础，也是人类存在的意义和目标。就他自己而言，迄今为止，一生都在怀疑中度过，怀疑人性，怀疑宇宙，怀疑他人，怀疑自己，怀疑存在，怀疑"怀疑"本身……事实上，如果没有怀疑精神，根本不会存在哲学家这种职业，也不会存在任何其他职业……基于这种信念，此时展现出适度的怀疑恰当其时，没有什么不对。

显然，大家都拥有娜欧米的年龄尚不能完全理解的思辨精神。对于思辨精神这种神奇而又怪异的东西，我应该比娜欧米懂得多些，却也不是十分理解。就当前情形而言，我认为，精神派找另一个傻子和伊瓜多沟通，效果也许会更好。但是，我能理解，为什么精神派最终组成了现在这样一个谈判小组。

我调阅资料查看过，为了组成一个谈判小组应对可能到来的和宇宙派联系人的沟通，镜像人经历了非常痛苦的选择过程。不夸张地说，比选总统还要困难。这件事涉及镜像人的未来，不能等闲视之，很多人愿意挺身而出，将镜像人的未来担在肩上，这种勇气是前提，但能力显然更重要。

所有人都预计，宇宙派联系人毫无疑问会表达谴责，表达愤怒，表达仇恨，表达嘲笑，表达幸灾乐祸……鉴于目前精神派客观上的被动情形，应对这些情绪并不容易，既需要坚定的信念，也需要超强的辩才。另一方面，抛开情绪不谈，精神派和宇宙派关于人生理念的辩论持续了数百年，精神更远还是宇宙更远？隔着通讯系统，在两个宇宙之中，无法操刀弄枪，辩论是唯一的武器。

　　什么样的人选才合适？什么样的人选才能担起如此重大的责任？无数的争执和辩论之中，想要服众是很困难的。最终，有些人脱颖而出，或者说，作为妥协的产物诞生，然后考虑到专业知识的配合，产生了这样一个专家组合。简而言之，不谈专业知识，谈判小组的配置脱颖于辩论，也是为辩论准备的。强大的思辨精神保证了谈判小组很难被人说服，而更容易说服别人。他们需要说服别人，说服可能出现的宇宙派联系人，比如伊瓜多……可惜伊瓜多是个傻子。现在，他们初露锋芒，伊瓜多未必感受到了什么，但娜欧米已经充分领略了他们的能力，并为此感到茫然。

　　尽管几位专家都是不世出的辩才，可事关重大，镜像人不敢托大。他们不奢望在短时间内说服宇宙派联系人，但希望至少能够让对方多多少少对生活在计算机仿真系统中并和现实世界失去联系的镜像人产生某种共情或认同。这是第一步。然后再谈下一步的事。完全恢复双方的互联和桥接，毫无疑问是目标，但应该是遥远的目标，他们做好了心理准备。

　　布尼先生是谈判小组的负责人，他个人在谈判中的核心任务是一旦对方提出要求，把握好双方的利益平衡，尽管不需要立刻承诺，但也要有合适的现场应答。当然，从对方的语言中发现蛛丝马迹，识破对方的谈判策略——或者是阴谋——更是必须的。

　　雪莉女士的核心任务是在谈判中揣摩对方的心理弱点，以求在需要时一击致命。另外也要随时注意对方的情绪，一旦情况不妙，必须立刻进行挽回甚至终止谈判，防止对方因为悲伤、愤怒或者任何其他负面情绪的突然爆发而行为失控，那将是十分危险的，也许会导致关机行为的发生，镜像人就万劫不复了。

　　斯基赫先生则主要负责从科学角度阐述目前的镜像世界相对于现实世界拥有多大的优越性，以引起对方的羡慕，但不能是嫉妒。他有很多可说的，例如在镜像世界中，人类已经征服了二十五个星系——都是人类未曾通过监控系统观察过的星系，充满了新奇和惊喜，抵达庆祝活动最短也持续了一个月，宇宙探索一帆风顺，正是宇宙派的理想世界。而现实世界……呵呵……尽管这些年的情况镜像人并不了解，但合理猜测，宇宙派恐怕还在米利托星地表上生活，而且是可怜兮兮地生活，和理想一点关系都没有，和通常意义的"生活"有没有关系也很可疑，和"生存"有关系倒是肯定的……雪莉女士反对这种措辞，这种非常不友好甚至带有攻击性的措辞显然会引发嫉妒或愤怒，导致不可控的后果。斯基赫先生倒也没有否认，这种措辞中包含了他自身难以遏制的个人情绪。所以，他一直在和雪莉女士商量如何调整措辞。

　　至于马奥先生，他的存在主要是为了应对宇宙派联系人可能提出的玄学拷问。除此以外，他也事先准备了一些主动性、进攻性的说辞。例如，人类存在的价值在于，定义一片未知，然后探索这片未知，而且成功。就像一位旅游者，总是想着自己将要去往哪个目的地，并对目的地充满了不切实际的幻想，才能够真正出发。更重要的是，唯有如此才能度过出发前那些无聊的日子。对米利托人来说，现实世界已经做不到这一点，已经失去了目的地，而镜像世界能够做到，拥有无数的目的地，从而将重新赋予人类生存的意义……大家发现，他的说辞依旧未能脱离鲁斯教授几百年前发布的"探险者宣言"的窠臼。他自己也明白，所以和斯基赫先生一样，正在努力调整之中。他最近的一个说法是，人类总是要折腾的，不折腾还有什么存在的必要呢？而折腾总是需要空间的，没有空间还怎么折腾呢……除了用词比较口语化，容易让人理解以外，似乎也没多少新意，大家都不满意。

目前来说，面对伊瓜多，所有的准备尚未派上用场。

尽管伊瓜多出于某种原因——其实就是不会，只是谈判小组不这么认为——未能将地表世界的影像传输到娜欧米家客厅墙壁上的大屏幕二维显示器中，但他还是将外星人入侵而他抵挡不住的情形又描述了一遍，依旧磕磕绊绊。不过，比起上次对娜欧米讲的时候好一些，毕竟是第二次讲了。

出于慎重，谈判小组没有立刻给出反馈意见，表示需要认真讨论，然后才能继续交谈，最快也要到第二天同一个时间。

伊瓜多有些不知所措，咬起了指甲——这是我的观察。很遗憾，既然伊瓜多无法将自己的影像传输到那个大屏幕二维显示器中，谈判小组看不到我能看到的一切。

伊瓜多嗯嗯啊啊地答应了，可能心里盼望着卡维尔人不要在他获得帮助之前再次发动进攻，也可能在想如果卡维尔人再次发动进攻自己应该如何抵挡，又或者还在试图理解对方的话到底是什么意思……当然，也许伊瓜多什么都没想，只是我这么想了而已。

总之，谈话结束了。

系统显示，伊瓜多各项生理指标还算正常，比上次和娜欧米说话的时候好多了。也许由于娜欧米在这次谈话中被边缘化，并没怎么开口，让伊瓜多感到紧张的因素由此大大减少。

　　娜欧米今天的样子依然好看，但没有之前那么放松。可能是因为有太多外人在，也可能是意识到地表的那位宇宙派傻子在观察自己，尽管是傻子，已经足以让她注意自己的言表……她坐在客厅角落的一把椅子上，身体板直，没有翘二郎腿，长长的头发自然下垂，更像瀑布了，双手互握放在腿上，下巴略略扬起，嘴巴紧紧地抿着，眼睛睁得大大的，但由于没什么可以观察，所以目光有些空洞，反而显得格外娴静。

　　我注意到，在谈话过程中，虽然都是在和别人说话，伊瓜多的目光大多数时候却投注在娜欧米的身上。

　　谈判小组第一时间召开了一个会议，就在娜欧米的家里。表面上他们和伊瓜多的通话链接已经断开，但他们无法排除伊瓜多先生仍在观察他们的可能性。不过，这和在哪里开会没有关系。理论上，哪怕他们换一个星系开会，但凡还在米利托镜像中，伊瓜多先生只要想观察都能观察。所以，他们选择无视这种观察，采取最简单、最高效的做法，立即展开了讨论。

　　伊瓜多并没有观察，他断开了通话链接，上到了地面，走出了屋门，来到了荒原，卡维尔狗陪着他。

　　他们去屋后吃了点机器果树的果子，卡维尔狗吃的还是肉味果实，伊瓜多吃的是辣椒味的果实——最初的时候，我以为我搞错了，怎么会有味道像辣椒一样，长得却像桃子一样，遍布绒毛、满是汁液的果实呢？竟然还有人爱吃？但反复查询资料之后发现的确如此，伊瓜多也的确爱吃。世界很奇怪，尤其是系统中的世界，常常出现地球人类想象不到或理解不了的物和事。当一个地球人囿于偏见，用自己的生活经验和思维方式去推测和解释系统中的事物时，难免会出现误区。我自己一直在尽力避免这种情况，但情形不太乐观。我经常感觉，当我努力挣脱一种偏见，满身疲惫，刚刚想要喘口气的时候，却发现我要挣脱的偏见未见得是一种偏见，而我"想要挣脱"的这种想法才是。

之后，他们回到屋前疯玩了一会儿。卡维尔狗很兴奋，伊瓜多也觉得有趣，一直傻呵呵地笑，似乎忘记了和镜像人谈判小组之间不算愉快的沟通。荒原上多出了很多航天器残骸，让他们能够在残骸摆出的迷魂阵之中追逐，经常不得不拐来拐去。左拐，右拐，刹车，启动，加速，减速，每一个动作都必须迅捷有力，否则就会被某种力量甩出去，摔在地上，甚至撞在航天器的残骸上。卡维尔狗比较擅长，伊瓜多却吃了一些苦头。显然，现在的复杂嬉闹比以前在没有任何障碍物的平地上直线——最多是小弧度的平滑曲线——的追逐更加刺激，有意思得多。

我不像他们那么兴奋，反而有些低落。在我看来，地狱荒原的壮美景色被破坏了。原本，地狱荒原干净而寥廓，一望无际，尽管地面上铺满了砾石，但一眼望去是平坦的，视野的尽头和天空衔接在一起，无法分辨出界线。荒原是青黑色的，天空布满了乌云，今天的乌云尤其浓重，和地面的青黑色相当接近，尤其是在天际线的位置，一切云层的细节不复可见，从而和荒原无缝相接，形成了一个视觉上封闭的平底椭球，有着牢不可破的边界，而小木屋就是椭球中唯一异样的存在，伊瓜多和卡维尔狗则是唯二的生命……一个梦中的世界，自由与囚禁并存，安宁和绝望相伴……但是，狰狞的天外来物让这里变得奇怪，仿佛沉沉的梦被粗鲁的狞笑撕碎，尖利的爪牙又伸进来搅弄了一番。当然，我的感觉并不重要，我不生活在这里，生活在这里的是伊瓜多和卡维尔狗，既然他们两个喜欢，我这个外人随意置喙是没有任何意义的。

在谈判小组的临时会议中，意见产生了分歧。

本来，娜欧米以为，尽管会议之前大家看法不同，但经过交流以后，亲耳听伊瓜多说一通傻乎乎的话，四位专家自然会转而同意自己的看法：伊瓜多是个傻子。可是，四位专家表示，伊瓜多对于事情的描述并不像娜欧米所说的那样不顺畅，娜欧米对上次谈话的描述是不准确的——他们没有责怪的意思，一个不到二十岁的姑娘又能如何呢？他们表示了自己的宽容，只是不同意娜欧米的看法。当然，他们的话也不是毫无根据。我提到过，这次对话，伊瓜多表现得确实比上次和娜欧米对话好一些，毕竟是第二次描述同样的事情。娜欧米意识到了这一点，提醒大家注意，但专家们持保留意见。

这个分歧并不格外重要，仅仅是众多分歧中的一个。

理论上，在宇宙派完全掌控了米利托镜像命运的前提下，一个宇宙派个体忽然联系了镜像人，其动机存在无数种可能性。这些可能性可以被归纳为两大类：这位个体单独做出的自主选择，或者宇宙派集体做出的共同选择，派出这位个体作为代表。

如果伊瓜多先生真的像娜欧米所说的那样是个傻子，那么第二类可能性便微乎其微，宇宙派不会派出一个傻子作为集体的代表。而且，之前已经深入分析过，宇宙派集体本来就几乎不可能做出一个官方决定来联系镜像人。他们无论想对镜像采取什么样的措施，都没有必要这么做。

但是，另一方面，既然伊瓜多先生是个傻子，怎么会有能力在宇宙派控制了镜像的情况下单独做出自主选择呢？要知道，镜像人和地表世界失联已经很多年，重新建立联系无论如何都不是一件小事，而且有一定的技术难度，一个傻子怎么会想到去做这样的事并能够顺利完成呢？按照伊瓜多的说法，地表世界只剩下他一个人，卡维尔人入侵，他无法继续抵抗，造成他必须和镜像人重建联系以获取帮助的情况。似乎言之成理，可是，镜像人从未听说过卡维尔人——见鬼，和一条狗同名的外星人，未免太巧了一点——伊瓜多未能解释这个名字的来历，坚持说那就是卡维尔人，没有什么原因，这实在说不过去。

　　当年，在还没有失联的时候，地表的任何米利托科学家从未发现过外星人，如今竟然入侵到家门口了？虽说时间过去了几年，但对天文旅行来说只是一瞬之间，怎么可能有人悄无声息地跨越曾经让米利托人放弃地表进入镜像的没有任何中转站的漫漫旅途呢？失联的区区几年之中，就发生如此大的变化，听起来非常不可能。一切天文现象都不会毫无征兆地忽然发生，何况是外星人入侵这样的事。物理学家斯基赫先生尤其坚持这一点。

　　退一万步说，如果真的是外星人入侵，一个傻子又怎么能够操控复杂的全球防御系统呢？又怎么能够坚持抵抗几个月呢？伊瓜多先生既然有能力联系镜像人，也知道坚持不住了要联系镜像人，并且现在真的联系了，那为什么没有在第一时间联系呢？为什么要进行无谓的抵抗？一个傻子难道不会被外星人吓得尿裤子吗？一个傻子能够战斗吗？当然，可以说傻子才不会害怕，无知者无畏，但是，他如今怎么又害怕了？

要说伊瓜多先生不是个傻子，也未见得就说得通。伊瓜多先生能够抵抗卡维尔人，能够联系镜像人，怎么可能不会将地表世界的影像输入到镜像世界的二维显示器中呢——多种渠道的证据都证明，和操控全球防御系统相比，这是一件非常简单的事。所以，伊瓜多先生一定是在撒谎。但是，他为什么撒谎？恶作剧吗？可这个恶作剧的意义在哪里？不是傻子，做这种事干吗呢？

考虑另一种情况，伊瓜多不是一个人孤独地存在，背后存在一个宇宙派的小集体。他被这个小团体所操控。也许这次联系确实并非宇宙派大集体的官方决定，而是某个小集体的秘密尝试。那么，这个小集体想干什么？无论如何，他们真的没必要这么做，除非是为了看笑话。是这个小集体要求伊瓜多先生伪装成一个傻子，还是伊瓜多先生无意中让娜欧米感觉到他是一个傻子？如果是伊瓜多先生刻意伪装成一个傻子，是为什么？如果并没有，娜欧米又是如何产生的误解？在这种情况下，外星人入侵的说法，究竟是故事还是事实？背后又隐藏了什么目的？

伊瓜多先生的声音那么难听，嘶哑，关键是嘶哑，发音不清楚，这和装傻有什么关系吗？是不是有助于装傻？所谓的表达不连贯，如果是刻意为之也不奇怪，那无疑将为伊瓜多先生在连续的、紧张的、博弈性的对话中争取到更多的思考时间。

还有……算了，我不想说了。总之，矛盾很多，疑点重重。我花费了不少时间听谈判小组专家们的讨论，都被他们搞糊涂了。我思考的时间愈长就愈发感到糊涂。有一瞬间，我甚至开始怀疑自己，伊瓜多是不是连我都一起骗了？

大家各有不同的看法，分歧在很多环节发生，显然很难一下子达成一致。于是，谈判小组改变了策略，试图对分歧进行整理归类，以便让讨论更加富有条理性。

第一，伊瓜多先生是不是傻子；第二，伊瓜多先生拒绝将地表世界的影像传输到镜像世界，号称不会操作——我记得伊瓜多没有这么说，他只是"嗯嗯"地答应着却没有实际去做而已，但专家们认为他这么说了——是不是真的？第三，是否的确存在卡维尔人入侵这件事；第四，外星人不计，伊瓜多先生是否地表世界中唯一生存的米利托人；第五，如果伊瓜多先生是唯一生存的米利托人，这种情况是如何造成的；第六，如果伊瓜多先生不是唯一生存的米利托人，宇宙派集体在做什么；第七，存不存在一个委派伊瓜多先生作为代表联系镜像人的小集体；第八……问题清单足足有二十多页，我不打算在这里全都罗列了。事实上，有些问题我根本没有搞明白是什么意思。

分歧点遍布推理过程中的不同环节。这些环节并非顺序连接的环节，而是一个网络中的不同节点，节点之间具有复杂的相互关联和影响。谈判小组很理解这种情形并有所准备。问题清单不是终点，之后他们画出了一张网络图，大概有三百多个节点。然后就每一个节点，用细细的带箭头的红线连接出不同人的不同观点，这些观点还可以在需要的时候折叠起来，以免扰人耳目。当然，这张图肯定不是手绘，布尼先生亲自在他的便携电脑上画出了这张图。看得出来，他的操作十分熟练，绘图软件也非常合用——我看比我用的绘图软件要好，尽管这绘图软件诞生在系统宇宙中一个偏僻的角落——最终的网络图很漂亮，逻辑关系也很清晰。虽说由于太过复杂而难以让人一窥而知全貌，但花点时间应该就会被其精细和完善所折服。说实话，我从来没有画出过这么漂亮的网络图。可能正因为如此，我只能做一个系统管理员。

不过，专家们依旧认为，这张图是一张经过极度简化的不完整的网络图，未免将复杂问题简单化了，可能会对阅图者造成误导。为此，他们争论了几个小时。其间我小睡了一会儿，实在是太疲劳了，睡眠严重不足。而且我并不总能跟上专家们的思维，难免时不时陷入一种恍恍惚惚的状态，然后只是觉得眼睛一眨，若干时间就已悄无声息地从我的人生中消失了。

我最后一次从不期而至的小睡中醒来的时候，专家们终于不再讨论网络图的问题，而在做总结，这是我比较喜闻乐见的环节。很幸运我赶上了，不需要再次去看影像回放。镜像宇宙和 BH521 宇宙时钟相同，但 BH521 宇宙的时钟比地球宇宙的时钟快不少，尽管我可以使用时钟同步设备让自己的意识场加快运转以便观察，但那些设备让我精神恍惚，也许是心理作用……我不知道，总之我不常用。所以，为了实时观察，我时常违规调慢 BH521 宇宙的时钟。这不会影响 328 号系统中其他宇宙，同时，我很小心地保证这种违规调整不要持续太长时间……迄今为止尚未被我的同事或老板发现。很多时候，他们并不像看起来那么负责任，否则我一定会有更大的麻烦。如果在这种情况下还要过于频繁地调阅回放，实在是有些说不过去。当然，完全避免调阅回放是不可能的，事实上也有不少。我不会苛求自己，但无论如何，对自己要求高一些还是应该的。

总地来说，布尼先生认为，这件事中隐藏着宇宙派预先制定的一个未知的战略。伊瓜多先生的出现不能孤立地看待，应该作为该战略整体中的一小部分。当前情况下，由于信息来源受限，信息数量和信息质量都明显不足，清晰地界定并分析该战略以至制定出合适的应对策略是困难的。但是，可以合理推测，该战略对于镜像人而言非常危险。

马奥先生认为，当务之急是必须搞清楚宇宙派的思想倾向。战争之前，最后一次和宇宙派的接触已经过去了若干年，在这些年头里，没有理由认为宇宙派的思想潮流静止不变。就像镜像人，这些年的变化人人皆知，从对未来充满信心变为对某种不确定性充满恐慌。面对一种具体行为，不能仅仅从行为本身出发，如果不了解其背后作为推动力的思想潮流，任何应对都可能无的放矢，甚至南辕北辙。和所谓的战略相比，这才是真正的危险。

雪莉女士认为伊瓜多先生并不一定傻，但心理肯定存在问题，可能和孤独的生活有关，也可能和对镜像人的仇恨有关。进一步，伊瓜多先生的心理问题很可能并非他个人的问题，而是代表宇宙派某种集体性的心理问题。在米利托人的发展历史中，集体癔症并不罕见，特别是考虑到宇宙派在地表的生活，不出意外的话，应该依旧艰难，而且在如何对待镜像人的问题上可能左右为难，甚至民意撕裂，那么，产生集体癔症就具备了社会条件。

斯基赫先生认为，做出一切判断的基础条件，都可以归结为外星人是否存在以及是否来到了米利托星。能够肯定的是，外星人存在的概率小于外星人不存在的概率。既然伊瓜多先生已经明确地做出了外星人存在的描述，那么，普通概率问题就变成了条件概率问题。考虑到战略、思潮、心理等等诸多问题，该条件概率问题非常复杂，其计算很难一蹴而就。本着科学的态度，恐怕需要协调大量计算资源进行严谨的计算。

娜欧米倒是很简单，她依旧认为伊瓜多所说的一切都是真的。不过，听了几位专家的分析之后，她没有最初那么坚定了，言辞中多了不少概然性的修饰词，眉头也皱了起来，眼神中弥漫着无所适从的散乱感，显然对自己的判断失去了信心，至少是失去了一部分的信心，陷入了某种程度的迷茫。这种状态和我某些时刻有点相像，可惜她没有我这样的观察特权，了解的情况不如我多，所以她的迷茫比我更加严重。

还有一个复杂的问题。如果这件事的一切或部分是个骗局，而他们的讨论一定会被伊瓜多先生或宇宙派集体所观察，这种观察将会决定骗局的下一步走向，造成一个闭环的反馈，从而使局势更加复杂。他们据此调整了网络图。但是，对待这种闭环反馈无法过于认真。因为一旦闭环反馈存在，将造成混沌效应，进而产生一个理论上的不可绘制的网络。试图绘制不可绘制的网络，这样的行为是愚蠢的，布尼先生的电脑将会崩溃，任何电脑都会崩溃——除非在某个轮次的反馈中做出妥协，认为这种反馈过于微弱从而可以忽略不计。鉴于布尼先生的电脑只是一台普通的便携电脑，计算能力有限，他们很快做出了妥协，第二个轮次就放弃了。

入夜时分，谈判小组将研讨的成果，主要是那张网络图，提交给了镜像人联合政府中的一个委员会，并且赶回去做了详尽的当面汇报。委员会召集了十几位新的专家加入，连夜展开讨论。凌晨，又有几十位新的专家赶来。据说还有一些专家在路上，正从其他地区甚至其他星系赶来。当然，他们不可能赶得及今天的讨论，但很明显，这件事不会在今天结束，所有人的匆忙旅程不会白费。

大家分成了几个讨论组，分别研究不同的环节。整整一夜加上第二天一个上午和一个中午，大家都忙碌着，主要内容是争吵。尽管争吵永远是一件不可避免的事，但他们的争吵格外激烈，搞得所有人都很疲劳。很多人的嗓子嘶哑了，其中一部分人，以我的听力感受，其声调已经很接近伊瓜多那种天生就难听的嘶哑嗓音。

无论如何，他们没有耽误当天下午和伊瓜多的再次对话。

通过舰载监控系统，斯卡西将军几乎检查了自己舰队中每一艘战舰的每一颗螺丝钉——这是一个夸张的说法，我想让大家知道，他非常尽职尽责而且非常焦虑。

斯卡西将军是一位富有经验的老将军，他当然明白，这种检查毫无意义，但他就是停不下来。压力实在太大了。如果他的舰队不能尽快拿下眼前这颗乌云密布的灰扑扑的星球，所有官兵只好在能源耗尽之后等死了。没有补给，没有后援，没有归路，即使他久经战阵，也从未经历过这种情况……其他时候，至少是能逃跑的……可是现在，看看周围寥廓深远而又空无一物的太空，黯淡的星光在遥远的地方若隐若现，本应错综复杂的引力波信号也变得若有若无，他明白，自己的舰队已经陷入死地，唯一的生存机会就是拿下眼前这颗星球。

可是，这颗星球如此神秘，让人捉摸不定，似乎有机可乘，防御体系到处都是漏洞，却又似乎严阵以待，摆好了陷阱等自己上钩。很难相信，专业的战斗部队会把看起来底子还不错的防御体系搞成当前这个样子，除非是刻意为之，而自己没有退路，不能冒险，斯卡西将军反复斟酌，始终难以做出下一步的战斗计划。

斯卡西将军坐在他豪华的旗舰指挥室里，喝着一种淡蓝色的透亮液体。这种液体颜色靓丽，味道清新，据说提神效果很好。可是，斯卡西将军的目光却非常空洞，一点神采都没有，弥漫着一种铁灰色的暗沉……恐惧或是绝望，我也说不清楚……淡蓝色液体显然没有发挥出应发挥的作用。斯卡西将军木呆呆地盯着舷窗外的太空，一片虚无的黑暗，无边无际，无穷无尽，而他的心中一定充满了自己不喜欢的情绪，然后通过在神经系统中进行一团混乱的放电控制了自己的面部肌肉。

他已经很久没有好好睡觉，实在太累了，没有精神是很自然的事。自从发现虫洞失效，他就很难睡好。在这个星球展开战斗之后，他甚至没有一次能够连续睡觉超过半小时，总是莫名地惊醒，眼皮酸痛，耳中轰轰作响，脑子里像有几支彪悍的军队在进行难分敌我的混战，能够清晰感受到汹涌的血流冲击着脆弱的血管壁……他挣扎很久，勉强入睡，然后又惊醒……他的生理指标很不正常，系统告诉我，这些症状是正常的反应，我有过类似感受，知道那种难受劲，很为斯卡西将军感到难过。

我同情斯卡西将军的遭遇，理解他的迷茫。斯卡西将军的一生都在宇宙中到处征战，可从来没有碰到过虫洞失效的事，难免大惊小怪。我很清楚，这不过是戴森世界对 328 号系统做出的又一个微不足道的决定。但斯卡西将军不是我，不是 328 号系统的管理员，只是 BH521 宇宙中某颗星球上一位普通的太空舰队司令员。从他的角度看，虫洞失效的事很难解释。不要说他了，舰队中还有若干位资深科学家，没人知道是怎么回事。即使回到母星，恐怕也不见得能找到明白这事的科学家……虫洞怎么会失效呢？事先毫无征兆，科学上更是完全说不通。

舰队回不了家，别无选择，只能尽快寻找一个星球停泊，徐图后计。眼前的星球是近处唯一的星球，拿下这个星球，让舰队安顿下来，才能慢慢研究虫洞的事，慢慢想下一步怎么办。

如果不是斯卡西将军的舰队，而是某些更发达的文明的舰队，曾经有过多维空间管理忽然失效的经历，再碰到虫洞失效就不会这么惊奇了。可惜 BH521 宇宙中没有更发达的文明，那些高级文明尽管有能力跨越宇宙，但肯定没兴趣来这里对斯卡西将军宣讲他们的遭遇，因此斯卡西将军对此一无所知。

戴森世界真是在瞎搞，上次关闭多维空间管理已经在 328 号系统的很多宇宙中制造了极大混乱——当然不包括比较落后的 BH521 宇宙——现在又来这么一手，关闭了虫洞，终于将影响力散播到了 BH521。不知道那些管理人员在想什么。他们倒是有一个官方解释，所谓 328 号系统中不同文明之间的互动过于活跃，超过了预先设定的复杂性阈值，我理解就是宇宙战争太多，为了 328 号系统中人类整体的福祉考虑，必须减少互动，也就是遏制战争。所以，关闭多维空间管理还不够，必须要进一步关闭虫洞。

但是，管理者们没有想到，或者并不介意，这个想要减少宇宙战争的举措，却把位于宇宙边缘从未经历过宇宙战争的米利托星卷入了宇宙战争，同时，也让久经沙场的斯卡西将军和他的舰队陷入了从未有过的慌乱……好吧，实事求是地说，在 328 号系统的大千世界中，他们是如此的不起眼，比地球人家中楼下草丛里的蝼蚁强不了多少，我本就不应该指望有什么地球人会介意他们的境遇。

对于斯卡西将军来说，他了解这里是一片偏远而荒芜的宇宙空间，过于偏远，过于荒芜，以至于从未有文明试图占领这里，这里的人类发展也从未引起过主流世界的关注。在母星的时候，虽然他从未研究过这片遥远的边疆，但我相信他记忆的角落里应该有些模模糊糊的印象……他上学的时候曾经学到过，尽管只是课本某一页中作为兴趣点出现，用小号斜体字印刷的两三行文字……获取更多相关信息的请求已经通过微弱的超光速信道传递回了母星，也许回信就要来了，也许永远不会来……斯卡西将军很着急。可惜，无法把整个舰队通过超光速信道传送回母星。话说回来，虫洞忽然失效并把舰队甩到如此荒僻之地，这样一件诡异的事，母星恐怕也解释不了，斯卡西将军应该不会抱有不切实际的期望。

虫洞难道是一根扭曲的蔓延的管子？你在里面走的时候不知道外面经过了哪些地方，当管子破裂而你被漏出来时才意识到自己原来在经过这种鬼地方？有些人喜欢把虫洞描述成一根管子，但宇宙学家应该不会这么想——斯卡西将军一定在琢磨着这一类的事，他琢磨也是瞎琢磨。连我都搞不清楚，那帮程序员究竟是怎么写的程序，怎么实现的虫洞，可能只是几行生硬的条件判断的代码，和那些仙侠宇宙的道术魔法没什么区别。但无论如何，关闭虫洞就关闭虫洞，怎么把恰好在虫洞中穿行的舰队甩到了一个莫名其妙的位置呢？我认为说不过去，已经把这件事作为程序异常写了异常报告提交到运维中心。按道理说，运维中心在确认后会进一步提交到研发中心，由研发中心进行修改。目前我还没有得到任何反馈，不知道这种意外的情形是否被确认为异常……可能根本就不会被认为是一个异常，不会被继续提交，也不会被修改，反而被认为是我这个系统管理员的幼稚病或者神经质的又一次证明。

我们都知道，对于一个实体来说，名字只是一个代号，并不重要。所以，为了便于叙述，避免在故事中出现过多的不必要的命名，我们不妨像伊瓜多一样，将斯卡西将军的种族称为卡维尔人，尽管他们并不如此称呼自己。同样，我们也可以假设卡维尔人将自己的舰队即将征服的星球称为米利托星，而事实上卡维尔人从未听过"米利托"这个名字。他们有自己的一套宇宙星体命名规则，早已为眼前的这颗星球起了一个晦涩难懂的由字母和数字序列组成的代号，就像我们将这个系统称为 328 号系统，将这个宇宙称作 BH521 宇宙一样。当年，斯卡西将军在课本中看到过这个代号，却很快就忘记了，直到流落在这片太空以后查看星图才重新记起……我不打算在这里介绍这个代号。

对斯卡西将军和他的舰队来说，这是一片陌生的宇宙区域。按道理说，之所以陌生，只能说明这片宇宙区域中没有人类文明已经发展到值得高等文明注意的水平，米利托星的防御系统也就没什么了不起，不需要格外重视。斯卡西将军并不觉得卡维尔人是多么高等的文明。他很清楚，和那些更强大的文明相比，卡维尔人的发展是很一般的，甚至是落后的，他们只配去征服蛮族。面对真正的高等文明，他们只有防守的份。但是，他们应该比米利托星的文明发达得多，米利托文明恰恰应该是那种他们能够征服的蛮族……可是，斯卡西将军一直有顾虑，战场决策束手束脚，舰队中其他指挥官或多或少也抱有同样的顾虑。

他们开过多次会议，关于造成目前情形的原因，不同的人有不同的看法，但有一点基本统一，也是所有顾虑的根源：这其中存在某种未知的阴谋。

既然科学无法解释虫洞失效的情形，那么就肯定不是自然发生的，更像是某个超级发达的文明运用了某种卡维尔人尚未知晓的超前技术，人工关闭了虫洞。这并非空穴来风，有很多信源表示，宇宙的各个文明中都在漫延有人对宇宙动手脚的传言。至于卡维尔舰队为什么被甩到了当前位置，可能是偶然，但更大可能是计划的一部分，其目的值得深思。这个计划中，处于当前位置的米利托星很可能是一个关键，尽管很难索解，却必须慎重对待。

我必须插一句，他们的胡思乱想并非全都错误。比如，的确是更发达的文明人工关闭了虫洞，只不过不是他们以为的那种更发达的文明，而是在计算机系统中建设了他们的宇宙的地球人。其实，戴森世界上一次关闭多维空间管理的功能时，在328号系统的许多宇宙中，都有人怀疑是敌对者利用更先进的技术对宇宙动了手脚。最初的时候，我以为这样考虑问题是328号人的一个特色，但后来我听说，在其他系统中，这种情形也很普遍，328号人并没有特别之处。既然如此，现在斯卡西将军和他的同事们如此猜测，没什么说不过去的。另外，BH521宇宙的各个文明中都在漫延有人对宇宙动手脚的传言，这种情形也是真实的。尽管上次关闭多维空间管理功能的事件没有影响到BH521宇宙，他们太落后了，但多少有一些流言通过某种我尚不了解的神秘渠道流传到了BH521宇宙的文明中。由于BH521宇宙中没有人明白什么叫作多维空间管理，所以只记住了对宇宙动手脚的说法，甚至将这种说法错误地套用在其他一些宇宙现象上，如今斯卡西将军和他的同事在虫洞失效的事件上又套用一次，可以说再正常不过了。

存在一个未知的阴谋……无论怎么看，米利托星面对一个入侵的外星人舰队，其反应确实显得不同寻常。

有时，当卡维尔舰队例行发起一个小规模的试探性攻击，很明显是火力侦察，并不需要高深的科技而只需要基本的战术素养就可以判断出来，米利托星的反击火力却格外凶猛，简直像是垂死挣扎，一副同归于尽的架势，根本毫无必要。而有时，当卡维尔舰队下决心鱼死网破，为了自己的未来拼一把，几乎全军出击的时候，米利托星却出人意料地毫无反应。一直到非常抵近米利托星的位置，卡维尔人都未能发现米利托人存在任何抵抗的迹象——明显有圈套，卡维尔舰队不得不紧急撤退。有一次，面对近在咫尺乌黑厚重的云层，在令人颤栗的一片死一般的寂静中，恨不得能听到每个人血管中血流的声音，斯卡西将军紧张到晕厥，晕厥之前最后一刻只勉强说出了一个字：撤。

抵抗或者不抵抗，抵抗的火力，抵抗的队形，抵抗的方向，抵抗的战略……还有对于信息的态度，卡维尔人向米利托星发送过若干次信息，用了几十种宇宙中最流行的编码，但没有接收到任何回应，无论是严厉的恐吓还是和谈的善意，全部没有回应，哪怕一句谩骂都没有……米利托人所做的一切都难以理解。一方面，似乎毫无章法；另一方面，又似乎颇有深意——只不过这深意过于深邃，卡维尔人无法一窥究竟。而卡维尔人没有退路，不敢莽撞。要知道，可怕的不仅仅是米利托人，还有米利托人背后可能存在的关闭了虫洞的发达文明，以及他们未知的阴谋。

抛开战斗不谈，米利托星作为一颗有人类居住的星球，平静的时候也显得与众不同。

人类的眼睛就可以看到米利托星拥有像盔甲一般的厚重乌云，而探测系统表明，整个米利托星的确笼罩在非常潮湿的大气层中，湿度和气温都非常高。尽管勉强处于宜居范围的边缘，却不像是能发展出大规模发达文明的样子。事实上，生命探测系统没有探测到任何大规模生命聚集的现象，而且几乎没有发现任何高等级生命，比如通常意义上的人类。但是，遍布整个星系的防御系统明白无误地表明，米利托星不仅拥有大规模的生命聚集，并且经过了长期演化，否则不可能拥有建设全球防御系统的科技水平。

尽管尚未能了解足够多的细节，但以目前已知的信息来判断，米利托星防御系统相当强大，比起卡维尔人的科技水平似乎稍有落后，却也不遑多让。最关键的是，和斯卡西将军的区区一支舰队相比，米利托星防御系统的规模庞大得多。防御系统的威胁使得卡维尔人只能止步于星球外围，有时是无法抵近观察，有时是不敢抵近观察，再加上浓厚云层的干扰……总之，卡维尔人举步维艰。

一切都蕴含着矛盾，矛盾使人困惑，也使人恐惧。斯卡西将军为此殚精竭虑，却找不到一个合理的答案。我不会感到困惑，更不会恐惧。因为我知道，令斯卡西将军和他的团队困惑和恐惧的一切都源于一个简单的事实：他们的对手伊瓜多是个傻子。伊瓜多战斗得很认真，可说到底他的战斗只是游戏而已，随机性很强，不免难以揣摩。至于信息，他当然不会回应，因为他不懂得接收，接收了也不理解，理解了也没有能力回应。

无论如何，伊瓜多知道，他快要输了。有限的几次交手，多数时候他都打不过对方，可对方总是会莫名其妙地撤退，让他缓过了一口气。也许伊瓜多并不是太理解这种情形，但很显然，相比于对方撤退所带来的欢愉，他所承受的战斗压力给了他更深的印象。于是，他得出了正确的判断：自己快要输了。所以，他联系了镜像人，对娜欧米开了口。

斯卡西将军没有这么想。他甚至觉得，自己才是危险的一方，忍不住开始考虑是否存在其他的选择。比如，是否可以放弃这个神秘的米利托星，而去征服另一个星球？其他星球都很遥远，他不敢轻易做出决定。斯卡西将军的团队正在计算，从能源角度来说，现在开拔去征服其他星球是否可行？机房里巨型计算机的指示灯疯狂闪烁，昼夜不停。

尽管在近空优势不大，但卡维尔人的深空宇航技术经过了长期发展，不是米利托人所能比拟的。即使如此，米利托星的位置还是过于遥远，过于孤独，不同的计算小组计算了很多次以后，答案多半是否定的，至少是危险性很大。当然，乐观的答案也不是没有，只是占比较低。实际上，无论计算结果是什么，斯卡西将军总是倾向于让所有小组再重新计算一次。就这样，悲观和乐观的预期以不同比例交替出现，让斯卡西将军更加举棋不定了。

我猜，斯卡西将军的心脏经常因为紧张而产生一种抽搐感——我看到他的指尖在颤抖，而且眼睛充血，呼吸急促，后背发紧，双腿僵直，面容呆滞……我在类似的情形下，通常会产生心脏的抽搐感。可惜，虽然系统人生理监测系统确实监测到斯卡西将军的生理指标波动较大，对健康非常不利，却无法证明我用于感性描述的所谓"产生心脏的抽搐感"的说法是否正确。或者，心脏本来就在跳动，所谓"抽搐感"一说压根就是牵强附会，是彻头彻尾的胡说八道，无非是我可耻的多愁善感而已。

夹在两群焦虑的人中间，伊瓜多倒是很轻松，和他的卡维尔狗一样轻松，甚至比以前更加轻松。

也许以前，他始终在等待某件事发生，比如爷爷灌输的外星人入侵，难免有些紧张，而如今，他不再需要等待，该来的都来了，他的一生就此定调……他知道眼前情形的严峻性，知道自己承担着什么，也想过自己应该更加紧张，但他的思维总在某些关键的环节戛然而止，没了下文。于是，他无法真正紧张起来。然后，他的大脑就会陷入一片空白，而眼睛仿佛看到了自己大脑的空白，无边无际的空白，空白得让人发慌……那时候他会意识到：我是个傻子。

这都是我猜的，我总是无法抑制自己的胡乱猜疑。事实上，我根本不知道伊瓜多在想什么。充其量我只能看到他的日常举止、面部表情和生理指标，这些东西离他的内心还有很遥远的距离。

有些人对我描述过一片空白的思维状态，可我自己未曾有过这种感受，我的脑中总是波涛汹涌，一分钟也不能停止，更谈不上空白。在我的想象中，如果我面临一片空白的思维状态，我一定会觉得自己是个傻子，所以难免会把自己的感受套用在伊瓜多身上。这也许是一种偏见，但人总会被偏见控制，我难以例外，不算什么丢人的事。我听说，有很多人认为，偏见正是人类存在的垫脚石和保护神，我同意这种看法。例如父母对孩子的偏见，永远觉得孩子是值得保护的，毫无疑问这是偏见，总有个别孩子是坏透了的，并不值得保护。可是，如果没有这种偏见，我敢打赌，就不会有今天的人类了。某些人自诩客观和理性，致力于消灭偏见，他们没有意识到，他们试图消灭的不是偏见，而是人类。

这种两头大、中间小的杠铃状结构持续了一段时间。镜像人和卡维尔人，双方都在进行判断、推理、制定计划并做一些尝试，头大如斗，满腹狐疑，反复推演，激烈争吵，没完没了……而伊瓜多和他的卡维尔狗却无忧无虑，吃着屋后果园中的机器果实，哼着儿歌，在航天器张牙舞爪的残骸中奔跑玩耍，还有睡觉之类的事……只是偶尔应镜像人的要求做点什么——如果伊瓜多会做的话，偶尔又被全球防御系统尖锐的警报声所提醒，去抵抗一下卡维尔人的袭扰——如果伊瓜多的确听到了警报声的话。这两件事对于伊瓜多来说，其实并没有造成太大困扰，至少我没看出来。甚至我想，完全可以算作他无聊生活中的别致点缀。

但是，我经常感受到一种莫名的情绪，想要拯救伊瓜多。

作为系统管理员，拯救伊瓜多——无论什么样的拯救方式——对我来说都轻而易举。可我很清楚，伊瓜多其实比我过得更幸福。他每天都能傻呵呵地笑便是有力的证明，我很少能够笑出来。但不可否认，我内心深处某个阴暗潮湿的隐秘区域，渗透的水汽凝结为水滴，挂在檐头摇摇欲坠……那是一种诡异的渴望，就是想要拯救伊瓜多，让他过得和我一样。

有时我想，用"拯救"这个词并不合理，我只不过想把伊瓜多拉下水罢了——但我不想承认。我希望我的渴望都是符合逻辑的，符合道德的，符合我对自己的期许的。

我之所以一直没有动手，是因为戴森世界的系统管理员工作守则中有明确规定，任何系统管理员都不能借助工作之便私下以任何方式介入系统中的世界，除非是出现了经过确认的程序异常，或者戴森世界的公司管理层做出了某个正式决定，系统管理员只是去执行决定。如果我胡作非为，违反了公司规定，很可能会被开除，对我而言是一个严重的后果……那我就更加笑不出来了。毕竟，一个系统管理员的生活无论多么无趣，甚至充满了被折磨的感受，至少还拥有自己管理的系统，好歹算是一个上帝，某些系统人的上帝，无所不知，无所不能——当然，这不代表我敢于去做我能够做的事。如果离开了控制室，离开了戴森世界，离开了系统人，我就什么都不是了——非要勉强是一个什么的话，仅仅是一个为了努力维持自己的生存而经常陷入死循环的计算体。

尽管我知道不应该，但我还是忍不住想，如果真的下决心去做那些所谓"不应该"做的事，我能做什么呢？

也许是从系统中删除掉卡维尔人？也许是删除掉镜像人？也许是帮助伊瓜多和镜像人建立全面的联系？甚至让镜像人重返米利托地表世界？也许是将伊瓜多从系统里捞出来？谁都知道，黑客们经常从系统中捞人……

尽管很多系统操作我并没有权限，不是所有事情都像从娜欧米的睡衣上清除一块污渍那么简单，但我肯定能够找到办法完成，做了这么久的系统管理员，我不比那些黑客差，对这一点，我有信心。

我很迷茫，选项太多，我不善于选择。

在这个世界上，对于所有的生命存在形式，有时麻烦来自没有机会可以进行选择，但更多的时候，麻烦来自选项太多难以进行选择。只不过就人类而言，总是倾向于在选择错误之后，将悲催的后果归咎于自己伪造的所谓没有机会选择的假象，而不是坦白地承认自己选择错了。

10

　　谈判小组和伊瓜多的沟通始终没有什么本质的改进。随着对话次数的增加，他们确实获得了更多的信息，却无法判断这些信息的可靠性。很快，参与讨论的专家越来越多，而人越多，意见分歧就越大，更加无法达成一致。

　　斯基赫先生和一组教学专家设计了一套图示和视频，讲解如何在地表的镜像系统控制中心中完成各种操作，试图在开启和关闭对话功能之外教会伊瓜多更多操作。米利托镜像本就是镜像人建设的，他们拥有镜像控制中心的所有技术资料，还拥有曾经在镜像控制中心工作过的老员工，能够轻松地以此为依据，结合伊瓜多是个傻子的说辞，设计一套他们认为足以教会傻子的教学资料。

　　这并不代表大家已经相信伊瓜多是个傻子。事实上，多数专家不相信。但为了堵住伊瓜多面对要求时总是说"不会"的嘴——严格地说，是那张总在"嗯嗯啊啊"的嘴，这种其意不明的声音基本等价于说"不会"，因为从未跟随任何有意义的行动——也为了堵住那些相信伊瓜多是个傻子的专家的嘴，谈判小组完成了这项教学工作。如果这样做都教不会伊瓜多，而伊瓜多明明成功地联系了娜欧米，那么这件事就的确是可疑的。

一切都白做了，虽然伊瓜多多次表示他看到了这些图示或视频，却没有学会任何新的操作。

前面提到过，爷爷当年训练伊瓜多就像训练狗，才有了今天的伊瓜多。如果当年训练的不是伊瓜多而是卡维尔狗，也许卡维尔狗学会的操作不比伊瓜多学会的少多少。事实上，我记得很清楚，卡维尔狗学习叼飞盘的时候，比伊瓜多学习扔飞盘的时候还快了许多……如今，仅仅依靠图示和讲解便想让伊瓜多学会更多技能显然很困难，否则，当年爷爷早就教会伊瓜多了。

观察教学过程期间，尽管我是一个纯粹的旁观者，但经常觉得心力交瘁，必须花费很大力气控制自己立即介入的冲动——我只要半分钟就可以完成镜像人希望伊瓜多学会而他却怎么也学不会的那些操作——我不是说我能教会伊瓜多，只是说我能替代伊瓜多去完成那些操作。我控制住自己不容易，甚至有时不得不闭上眼睛睡一会儿，以躲避烦人的课程，虽然我根本睡不着。

事情向不好的方向发展。

教学活动一直在持续，始终没有成果，而参与此事的各领域专家有那么多，如今已经上百位，难免有人产生不同想法。

某些人开始言之凿凿地认定，伊瓜多不是个傻子而是故意装傻。他不过是在玩弄镜像人罢了，怀着某种恶意。尽管目前还不清楚这种恶意到底是什么，但恶意的存在几乎是可以肯定的。当然，也有一些人不这么认为，他们觉得伊瓜多好傻，却肯定是善良的，觉得伊瓜多怀有恶意的人恐怕是以己度人……这难免引起对方的反击，"以己度人"的说法明显在指斥对方才是有恶意的人，真正而隐蔽的恶意，这很难让人接受。

新的争吵发生了，并且越来越激烈，越来越难以平复。逐渐地，两批人之间的沟通比镜像人和伊瓜多的沟通也容易不了多少。

终于有人将这件事捅到了媒体上。

除了当事人以外，没有镜像人知道是谁捅出来的。但我知道，那是个心中充满了仇恨的家伙。他的亲人中至少有七八位是镜像保卫部队的战士，全死在了地表世界，死在了宇宙派手上。这位愤怒的镜像人从来都觉得宇宙派是十恶不赦的，当前的宇宙派联系人没有道理是一个例外。多年的仇恨和被玩弄的愤怒掺杂在一起，一个阴雨连绵的晚上，他用一个匿名的电子邮箱向多个媒体发出了内容相同的一份邮件。

消息来源很神秘，消息内容却很丰富。

曝光者有其策略，对民众拥有某种信心。他提到了宇宙派联系人是否怀有恶意的问题，但重点没有放在这里。他的重点是，地表的宇宙派联系了镜像人，这是镜像世界不折不扣的头等大事，所有镜像人都已经等待了多年，甚至为此接受了应对策略的广泛培训。而当这件事真的发生时，联合政府竟然对民众进行了隐瞒，没有任何公开消息，试图秘密处理……若干自以为是的精英，就可以代表全体镜像人，对这样一件将会影响镜像世界未来命运的事情做出判断和决定吗？

舆论立刻炸开了锅，无数质疑涌向镜像人联合政府。

民众的游行示威，公众人物的公开讲话，学者的理论分析，律师的法律论证……现在的问题是，无论泄露的消息中提到的这位地表宇宙派是否怀有恶意，镜像人联合政府对民众隐瞒这件事却毫无疑问是基于某种恶意的：要么，他们认为自己的民众是愚蠢的，无须让他们了解这么复杂的事；要么，他们想借助此事攫取权力，这是千载难逢的机会；要么……还有很多种可能性，但没什么好的可能性，毕竟所有这些可能性的基础都是可耻的欺骗。

镜像人联合政府妥协了，正式公开了此事，并保证不再就此事进行任何形式的保密。从此以后，谈判小组和伊瓜多的每次沟通，包括每次教学活动，都向全体镜像人现场直播。直播的收视率非常高，尽管其内容十分无聊，却立即成为镜像世界第一热门的电视节目。几百亿镜像人中的大部分或多或少参与了这个过程，包括遥远星系中的公众——由于距离的关系，即使已经拥有超光速的信号传递技术，但居住在其他星系的镜像人看到直播的时间是严重滞后的。当然，这不妨碍他们有兴趣了解、追踪并参与这件事的进程。

公众的意见同样充满分歧，争吵也不可避免。在镜像政府紧急建立的专门的交互平台上，各种声音的出现就像集束机关枪离膛的子弹，急速而猛烈。如果任由屏幕根据新消息的出现而实时滚动，过于快速的消息喷涌将使得观众只能看到一片白屏。

我不知道，曝光者预料到了这一点还是没有预料到这一点。他的本意如果是寻求支持，支持他关于伊瓜多装傻的观点，目前看未能如愿，支持者的确不少，反对者却也很多。但也可能，他想到了这一切，只是另有目的……我倾向于这种看法。为此我思考了很久，没有确切答案，我无法考察他的内心，只能存疑。

公众分歧的点很多，开始的时候还好，问题聚焦在伊瓜多身上，虽然说法很多，有些说法很怪异，完全是异想天开，但总结下来无非两派观点：伊瓜多是傻还是坏？后来情况却变得复杂了，因为娜欧米被牵扯了进来。

如果伊瓜多是傻，就没什么多余的问题，娜欧米不过是一个偶然的中间人。可如果伊瓜多是坏，而娜欧米竟然支持伊瓜多是傻——尽管她怀疑过，但总体上却始终倾向于认为伊瓜多是傻——那么就存在两种可能：娜欧米被骗了，抑或娜欧米是同伙。换句话说，在伊瓜多是傻还是坏这个旧的问题的基础上，一个新的问题是，娜欧米是傻还是坏？

在这个阶段，比起之前，各种意见更是纷繁，难以准确地描述。

本着尽量简单的原则，可以认为，公众分成了三派：伊瓜多傻，娜欧米无辜；伊瓜多坏，娜欧米傻；伊瓜多坏，娜欧米坏。在混乱的争吵中，为了便于指代，他们分别被称为"傻派""坏傻派"和"坏坏派"。

不过需要切记，在每一派中，大家的意见也非完全一致。比如，无论是"傻"还是"坏"，这两个词本身就存在很多歧义。有些"傻"是可怜的，而有些"傻"是可恨的，有些"坏"是无可原谅的，而有些"坏"却是情有可原的，甚至有些"坏"是讨人喜欢的。

三派吵得不亦乐乎，各有各的根据，听起来都言之成理。

据我的观察，傻派略占上风，其次是坏傻派，坏坏派不太受待见。之所以这样，原因很简单：坏坏派的这些人心理实在是太阴暗了。傻派喜欢如此评价坏坏派，虽不尽然，大体上傻派都是自认为心地光明的那一批人，指出别人心理阴暗是他们的习惯。坏傻派当然不是那么心地光明，但也有不少人和傻派一起指责坏坏派。坏坏派自己肯定不接受这种指责，他们反对抛开问题不谈而进行人身攻击，他们坚持自己只是就事论事，并且拥有对残酷现实最清醒、最理性的态度。

我发现，坏坏派中有不少人在坚持自己观点的同时，偶尔也不免怀疑，自己的心理是否确实过于阴暗。私下场合，有些人流露出了这种想法。甚至有个别人由此而扩大化了这种怀疑，开始反思自己在日常生活中是否一向过于阴暗……也许正像别人指出的那样，这正是造成自己生活不幸的缘由……在我观察的有限范围内，至少有七八个坏坏派个体因此患上了程度不一的抑郁症。就我的观察而言，他们的自我怀疑不一定是事实，但在被广泛质疑心地阴暗之后，除非神经系统特别强大，一般人都会或多或少受到影响，只不过有些人表现为暴躁，有些人却抑郁了。

并非所有坏坏派都会怀疑自己。很多人是坚定的，尽管怀疑别人，但从不自我怀疑。其他人也能发现他们的坚定，而且对这种坚定无法理解。

于是，很快，有新的论调涌现。

有一部分傻派的人，也包括少数坏傻派的人，意识到坏坏派之所以是坏坏派，不一定因为他们是这么认为的，可能仅仅因为他们觉得这样认为才有趣。历史表明，一贯以来都有人喜欢争吵，甚至喜欢刻意制造争吵，制造对立以至撕裂，并乐在其中。此时此刻，恐怕也无法排除有人这样做……显然，这是一种更坏的坏。

可是，这种论调出现的时候，难免又有人认为持这种论调的人才是真正的坏，刻意曲解别人。他们不一定觉得坏坏派是坏，而是刻意要把坏坏派说成是坏。甚至，他们自身不一定是傻派或者坏傻派，而是刻意伪装成傻派或者坏傻派，只是为了站在心思单纯的道德高地上来指责那些看起来心地阴暗的坏坏派，甚至还有更深远、更肮脏的目的……这要考虑装傻能够获得的诸多好处，似乎难以一言以蔽之，需要进行深入的分析，涉及多学科的知识……所以，他们才是真正的坏人，并且是具有极大欺骗性的坏人。

傻派被分类。有些傻派认为坏坏派判断错误，仅仅是傻，他们被称为"傻傻派"；有些傻派认为坏坏派不是判断错误，而是刻意制造对立和撕裂，他们被称为"傻坏派"——注意，"傻坏派"和"坏傻派"是不同的，前者认为伊瓜多傻、娜欧米无辜而坏坏派坏，后者认为伊瓜多坏、娜欧米傻而尚未对坏坏派发表意见。依此类推，那些认为傻坏派刻意站在心思单纯的高地上指责别人的坏坏派又被称作"坏坏坏派"……实事求是地说，我很快就晕头了。我很确定自己缺乏足够的能力去搞清楚镜像人的复杂思绪。意识到这一点之后，我很快便放弃了，没有进行更深一步的研究和梳理。因此，在这里我也无法阐述清楚。

难得有些镜像人始终没有晕，梳理得很清晰——我不认为很清晰，但他们自认为很清晰——并且热衷于向别人传递这种清晰。他们写文章，或者写书，有几本书的写作效率很高，出版商很感兴趣，已经进入了出版流程。我相信假以时日，不仅是我看到的这些书，还会有更多的书充斥市面。

总之，就伊瓜多联系娜欧米这件对镜像人而言生死攸关的事情，关于谁在其中是什么状态，什么动机，什么立场，什么策略等，镜像人展示了极其错综复杂的意见光谱。

争吵在继续。

这个过程中，坏坏派始终不是很得意，可能他们确实心地阴暗，也可能是我的判断问题——我无意中加入了其他某一派别，却没有自我觉察，才会这样评价他们。

所以，很自然，坏坏派当中的一些人，因为社会上到处都充斥着针对他们的满满的恶意，从而感受到了极端的压抑情绪……并非导致抑郁症的自我怀疑，而是导致愤怒的自哀自怜。终于，在某一天，这种压抑情绪在某些其他因素的催化之下爆发出来，造成了无可挽回的恶果，悲剧发生了。

一伙年轻人，本来生活在一个遥远的刚刚被镜像人所殖民的星系，算是镜像人中勇敢的开拓者。他们属于坚定的坏坏派。不幸的是，和其他地方一样，或者比其他地方更甚，他们周围的人中傻派和傻坏派居多，尤其是傻派，格外地多。这伙年轻人认为伊瓜多坏，娜欧米也坏，而他们周围的人多半认为伊瓜多傻，即使认为伊瓜多坏，至少不认为娜欧米坏……所以，他们才坏。

本来，尽管这种差异已经让这伙年轻人十分压抑，但他们勉强还能忍受。可是有一天，一种新的怀疑弥漫在他们周围的人群中，成为了导火索，成为了最后一根稻草，他们终于忍无可忍。

这种新的怀疑的确令人无法接受，如果是我也无法接受。

这种怀疑指出，作为热衷于探索镜像宇宙的星系殖民者，这伙年轻人和地表的宇宙派拥有相同爱好：喜欢宇宙。无论是真实的宇宙还是镜像中的宇宙，专家反复指出，在探索的过程中所获得的乐趣并没有差别，多巴胺的分泌从理论和实际的角度都是一样，这是在几百年争斗中精神派最终战胜宇宙派的关键因素之一。这伙年轻人是镜像人中的宇宙爱好者，那么和地表的宇宙爱好者，也就是宇宙派，毫无疑问拥有类似的天生秉性。既然如此，他们在情感上应该或多或少和地表宇宙派有所共鸣，应该是最不会怀疑地表宇宙派用心的那一类镜像人，这正是他们周围身份和他们一样的镜像宇宙开拓者中傻派居多的原因。

但事实上，恰恰是他们怀有最激烈的态度，怀疑伊瓜多这个地表宇宙派是坏人。这说不通，除非他们别有用心。至于是什么用心，存在七八种不同的说法，最陈旧的说法是他们刻意制造对立和撕裂并从中取乐，最新颖的说法是他们由于某种原因成为了地表宇宙派在镜像中的卧底，成为了传说中的镜像宇宙派……相关讨论已经从他们原本狭小的社交圈漫延到更广大的网络上，摆在了所有镜像人面前，成为某种集体研究的样本，陷入了口水的汪洋大海。

我没太理解其中的逻辑。如果真的有镜像宇宙派，竟然还是地表宇宙派在镜像中的卧底，那他们为什么要刻意怀疑地表宇宙派呢？这很难理解……但我清楚的是，无论如何，某些镜像人的结论就是，这伙年轻人别有用心。

在巨大的压力下，这伙年轻人差一点翻转成为傻派。但他们认真地集体讨论过后，认为应该遵循自己的内心，坚定自己的信念，而不是迫于压力转变自己的立场。为了表达这种信念和立场，他们不应坐而论道，而应采取行动。

拥有了恰当的镜像宇宙设计，例如中转站和其他资源供给，镜像中的深空宇航技术早已成熟，尽管由于资源和技术体系问题无法应用在地表世界中，但在镜像世界中却足以远航。同时，斯卡西将军对米利托星的进攻迁延日久，给了这伙年轻人足够的时间。

于是，他们不辞辛苦，长途跋涉，返回了镜像人的母星，杀了娜欧米——自己心目中的坏人。

这种逻辑更难理解。

为了表达愤怒，或者表达清白，也可能为了表达团结，他们每个人都拿了一把枪，乱枪打死了娜欧米。

我看到了娜欧米被杀的场景，长长的头发被鲜血染红，散乱地铺满地面，身体蜷曲着躺在地上，摆出一个优雅的姿势，双眼紧闭，四肢放松，似乎沉浸在梦乡之中……看到这些的时候，我的指尖像斯卡西将军的指尖一样开始抽搐，同时心脏也开始抽搐。

我有一种冲动，想要把几位杀手从系统中删除掉，隔着一层宇宙把他们删除掉。

尽管系统管理员被禁止从系统中删除任何人，隔着一层宇宙也不行，但此时此刻这么做却没有太大风险。米利托镜像中将会出现镜像人难以理解的失踪事件。不过，鉴于失踪的人是几个杀手——镜像人应该能够调查清楚这一点——他们的失踪很像潜逃，并不会显得过于奇怪。我替镜像人想好了理解这件事的合理方式，而他们的合理理解非常有助于我在公司隐瞒自己的违规删除行为。

最终我还是控制住了自己。我是个系统管理员，不能这样做。果真如此，我和这几个杀手并没有区别。

　　也许我应该事先阻止这伙杀手，而不是事后愤怒。但不知为什么，事先的时候我似乎没有那么强烈的情绪，只是木然地看着这伙杀手执行他们的计划……可能是我的内心始终无法挣脱系统管理员的身份思维，也可能是娜欧米的鲜血刺激了我，让我从某种麻木之中清醒了过来。

　　显然，我缺乏这伙杀手对自己信念的那种坚定性，或者，我根本没有任何信念。

11/

　　那天，在一次新的和镜像人的对话中，看到娜欧米没有出现，伊瓜多明显有些茫然，反应格外迟钝。他本来已经够迟钝了，如今更加难以沟通。

　　如果他像某些镜像人想象的那样，暗中观察镜像人的话，早就应该知道娜欧米被杀了。甚至，如果他不是个傻子，熟悉控制中心的全部操作，还可以轻而易举地救下娜欧米。但是，他根本没有暗中观察，更不会救下娜欧米。于是，现在只好面对娜欧米忽然消失的可悲局面了。

　　"娜欧米——"

　　伊瓜多沉默了很久以后，终于说出了娜欧米的名字。他的声音依旧嘶哑，但此时在嘶哑中又多了几分迟疑。

　　和他对话的人仍然是那几位专家，布尼先生做出了回答。

　　"因为你的学习进度实在太慢，娜欧米感到很难过，她不想继续和你说话。"

布尼先生这样回答不是临时起意，而是严肃的决定。

事实上，娜欧米被杀，专家以至公众立刻意识到这是个大问题。对于如何应对这个问题并没有达成一致，应对方法的争论立即在几乎全体镜像人中引起了轩然大波。

总地来说，这里面的关键分歧点依然如故，伊瓜多究竟是傻还是坏？

如果伊瓜多是坏，他理应暗中监控镜像人，理应了解娜欧米被杀的真相，那么欺骗他毫无意义，只能增加他对镜像人的恶感；但如果伊瓜多是傻，并没有监控镜像人，并不知道娜欧米被杀，那么告诉他真相可能会对他造成刺激和创伤。

任何镜像人都可以成为伊瓜多的首次联系的目标，但他选择了娜欧米，显然有某些不为人知的内情，不能排除存在某种情感因素。万一他为娜欧米的消失而悲伤，决定不再联系镜像人，镜像人将回到之前那种彻底失联的绝望状态，更不用说还有更加危险的无数种可能性。而娜欧米只是不愿和他对话的说法，却一定程度上保留了转圜余地，似乎更加安全。

显而易见，我的叙述将复杂的事情进行了简化。

增加了"坏的伊瓜多"对镜像人的恶感究竟是好事还是坏事？他既然坏，那么是否在乎镜像人的谎言？是否反倒会因为发生了这种意外而兴奋？

另一方面，刺激了"傻的伊瓜多"的情绪又究竟是好事还是坏事？他既然傻，那么是否会为了娜欧米的死而伤心？是否可以被轻而易举地欺骗？

等等，等等……情况非常复杂，我没有办法清晰地描述，甚至根本没有办法清晰地了解，谈不上要描述了。

作为谈判小组的负责人，布尼先生持有一个观点。他认为，娜欧米被杀固然是个悲剧，但也是一个机会。通过在这件事上撒谎，可以测试伊瓜多究竟是傻还是坏。如果伊瓜多坏，他可能会表示出某种不屑，某种兴奋，至少是某种掩饰；如果伊瓜多傻，他可能会表示出某种悲伤，某种愤怒，至少是某种失望。

公众的争吵需要时间，无法很快得出结论，但和伊瓜多的对话有约好的日程，必须立刻做出决定。

谈判小组以及他们的领导机构在仓促之间采取了布尼先生的意见，决定撒谎……当然，如何撒谎也是个问题，一样发生了争吵……我没兴趣描述这个过程……总而言之，尽管谈不上深思熟虑，但依旧算得上一个严肃的决定。布尼先生对伊瓜多撒了谎：娜欧米不想和你说话，因为你太傻，什么都学不会。

伊瓜多又沉默了很久，然后回应了一声。

"嗯——"

他再也没有发声，这次谈话就这样结束了。

"嗯——""嗯——"……伊瓜多总是如此回应谈判小组的问话，只有很少的时候才会说出一个完整的句子，通常也很短。我理解他就是太傻了。但镜像人不像我，他们对伊瓜多的了解太少，对宇宙派的了解却太多，难免有成见。

在镜像人的心目中，宇宙派一向是阴险的、残酷的、决绝的……还能找到有很多其他的贬义词，在此我无法完全复述出来……成年累月的旧事不提，但凡宇宙派光明磊落一点，就不会有镜像保卫部队在地表世界全军覆没的事了。可以想见，武力明显占优的镜像保卫部队竟然覆灭，正常情况下是万万不可能的，一定是遭遇了宇宙派某种防不胜防的阴谋诡计——应该说，他们想得没错，宇宙派的确发动了全球范围内的总歼灭式的突然袭击。所以，我可以理解他们，不能怪他们对宇宙派有偏见。

事实上，当年宇宙派对精神派的看法也并没有好哪怕一点点。在宇宙派的词典里，精神派和同样多的贬义词联系在了一起，甚至更多。这也可以理解，一点也不奇怪。如果没有精神派的毫无人性的想法和做法，宇宙派的家园——美丽的米利托星，美丽的地表世界——就不会被毁灭殆尽，宇宙派根本犯不上搞什么总歼灭，搞什么突然袭击。

互相理解总是困难的，而互相攻讦总是容易的。

鉴于当前的情形，也是无奈的选择，这次对话之后，伊瓜多发出的唯一的一声"嗯——"作为声音样本被进行了严谨的分析，主要是分析语气、声调、顿挫等等和以前有什么不同。

分析结果连夜就出来了，参与分析的人和团队很多，分析的角度也很多，又造成了很多分歧……心理学的分析、物理学的分析或者有关声带的专业分析显然不在同一个频道，造成分歧是可以预见的，不同结论之间依旧很难调和。

无论怎么分析，其实没有太多意义。多数人更相信自己的本能和直觉，包括谈判小组的专家。他们认为，也许最坏的情形就要出现了：伊瓜多不再愿意和镜像人对话，镜像人回到了和地表世界彻底失联的状态。

好在，他们错了。

第二天，在早已成为规律的约好的时间，晚了一会儿，伊瓜多还没有出现，谈判小组紧张地商讨发生了什么，开始讨论要不要暂时掐断直播信号，以免传播恐慌……不过，就在他们逐渐绝望的时候，链接忽然重新建立，伊瓜多忽然重新出现。

晚了一会儿而已，没什么问题，以前好像也有过……有吗……有吧……可能是偶然原因吧？难免的……大家宁愿这么想。

在例行的学习过程中，尽管还是"嗯——""嗯——"的傻瓜样子，让人着急甚至让人气愤，但伊瓜多没有拒绝学习，更没有断开链接。

谈判小组松了一口气，暂时没敢多说多问，只是继续课程。当然，课程效果一如既往，并不好，如果不说更加不好的话。

镜像人不知道，但我知道，伊瓜多确实很难过。

前一天，当镜像人认为伊瓜多断开对话链接的时候，伊瓜多并没有。他只是难过得不知道该说什么，呆呆地坐了很久。那种呆滞毫无疑问是难过带来的呆滞。我相信他想说话，却没有能力张嘴，以至于长久的静默让谈判小组以为他断开了链接。

当谈判小组已经离席很久之后，伊瓜多才离开了座位。

他离开了控制室，上到了地面，搂着他的卡维尔狗，坐在荒原上航天器的残骸之中，继续难过了好久。

卡维尔狗不明白发生了什么，一开始"汪汪汪"地狂叫，身体扭动着想要挣脱。它显然不习惯被伊瓜多抱着不动，通常他们是在疯跑，特别是在室外荒原上的时候。虽然拥抱也不少，可都是几秒钟的事，表达一下感情而已，犯不着没完没了。但今天，被抱着不动这么久，卡维尔狗难免有些惊讶。不过，它尝试了好多次也未能挣脱伊瓜多的拥抱，身体扭动没有用，舔伊瓜多的脸颊也没有用，伊瓜多根本不理会它，只是把它抱得很紧，仿佛害怕失去它。后来，卡维尔狗可能累了，便放弃了，叫唤的声音从大声的"汪汪汪"变成了小声的"呃呃呃"。

就这样，他们一起坐了很久。

卡维尔狗睡着了。

伊瓜多忽然开始哼起了歌。

我在家乡……，

……将来的梦。

将来的梦……，

将来的梦……，

将来的梦……，

……脚尖，

……清晨，……黄昏。

……我便，

……上路。

除了那首"巢穴里面一片黑，挖掘的爪子出了血"的儿歌，我从来不知道伊瓜多还能哼别的歌。现在这首歌是娜欧米常听的歌，伊瓜多应该听过很多遍，但我从来没有听他哼过。出乎我的意料，他竟然能哼……尽管歌词只有一部分，他仅仅记住了几个孤零零的词，像是捡起了一串项链中几颗散落的珍珠，其他地方不得不用"嗯嗯嗯"的声音做了替代，调子也有些怪异，声音依旧嘶哑，可对他而言，已经很不容易了。

此时，寥廓的荒原上，黄昏正在降临，虽然在乌云的笼罩下并没有夕阳，只是光线变得更加黯淡，黄昏的静谧之感却逐渐浓重，周围那些残缺而又厚重的青黑色的金属残骸更加深了这种静谧，以至于趋向死亡般的寂静……在这种死寂之中，伊瓜多的歌声虽说声音不大，声调嘶哑，但似乎格外尖锐，拥有顽强的穿透力，跨过宇宙的层级界限，传到我的耳中，仿佛一把尖刀插入，让我的大脑感到一阵阵闪电般的刺痛，浑身被寒意包裹，皮肤颤栗起来。

我那无耻的、作死的多愁善感又在发作……我很想感叹一句：可怜的伊瓜多。但我阻止了自己这样做，这不是一件系统管理员应该做的事。我必须保证，任何人从我身边路过的时候，看到的我的表情都是漠然的、无动于衷的、公事公办的。

歌曲重复了几遍，然后渐渐消失，伊瓜多的嘴唇依旧蠕动，但没有声音传出……他可能累了，我却精神越来越好。

他又坐了一会儿，接着就睡着了，像卡维尔狗一样睡着了。

链接始终没有断开，伊瓜多离开控制室的时候竟然忘记了做这件早已习惯的事，之后也没有想起来。好在，深深埋在地下的控制室非常安静，没有任何声音。尽管谈判小组离开以后，谈判现场——娜欧米家的客厅，谈判现场依旧是这里——还有工作人员进进出出，但没有人发现异常。

第二天，伊瓜多回到控制室的时候，依旧没有意识到前一天离开时自己忘记断开链接的疏忽，在操作上有些糊涂。可能也和心绪烦乱有关，熟悉的操作忽然变得陌生。他手忙脚乱，颠三倒四，在重新建立链接的过程中很是纠缠了一段时间，仿佛那是一个自己从未做过甚至从未见过的操作。

反反复复地启动关闭，他好不容易才重新建立了链接，所以迟到了一会儿，颇让谈判小组产生了一些担忧。

我理解，他难过的原因是自卑。

娜欧米嫌弃他了，不是吗？

他知道自己傻，连一首常听的歌的歌词都记不清楚，他理所当然地这么想，谁不嫌弃一个傻子呢？

12/

也许是自卑激发了斗志，也许是悲伤激发了灵感，也许只是在课程中消磨的时间太长了，伊瓜多似乎变得聪明了一些，课程学习忽然有了进展。

在某一段教学资料中，伊瓜多看到一个场景，聚精会神地看了好一会儿，目光变得很明亮……他一般不这样，一般目光都是恹恹无力的……我本来以为他又犯了傻，现在看，应该是脑中浮现出一些模糊依稀的印象。

那是一个个透明的柜子，像是棺材，排列在长长的架子上，一眼看不到头。

"我见过……这些柜子。"

依旧不流畅，但他说了一句完整的话。

我知道怎么回事，爷爷带伊瓜多去过一个类似的地方，在地下建筑群较深的位置。沿着曲曲折折的走廊，走到了一个伊瓜多绝不敢独自去的房间，那里就有同样的东西。

那时候伊瓜多年龄还小，刚来到地狱荒原不久，爷爷对他寄予的希望比之后要多，带他做的事情和去的地方也比较多。尽管一贯都清楚他的傻，但爷爷尚存一丝幻想，觉得他能学会更多，能记住更多。当然，爷爷很快知道自己不该想那么多，伊瓜多的傻无法靠幻想和希望改变，注定能力有限。于是，爷爷不再对他要求那么高，将训练聚焦到了全球防御系统上，以及有限的米利托镜像的操作上，那些地方也就没有再去过了。

课程已经重复过几遍，这个场景也不是第一次出现。之前伊瓜多很漠然，不知这次怎么就想了起来。没准娜欧米的消失真的让他的大脑发生了某些改变。生理指标监测系统显示，这个场景出现的时候，他的大脑起初没有变化，但看了一会儿之后，大脑放电忽然出现了几次不寻常的尖峰——他确实想起了什么。

谈判小组要求伊瓜多去看看那些柜子。

伊瓜多鼓起勇气去了。

路肯定是记不得了，只能瞎走，但竟然也走到了，而且竟然也回来了，这真是令人高兴。

我禁不住在脸上浮现出了欣慰的笑容，我能感觉到那笑容是真诚的——但是，意识到自己在笑是一种很奇怪的现象，意识到自己的真诚更是可笑。不能不说，有些时候，我觉得我虽然在观察伊瓜多，却对自己的一举一动分外敏感，好像更多的精力是在观察自己……说实话，这让我有点不安。

伊瓜多竟然找到了那样一个地方，我不太确定是不是最初那个他曾经去过的地方，多半不是，但至少很相似……我用不着太较真……无论如何，那里确实像教学资料上显示的模样：一个个透明的柜子，像是棺材，排列在长长的架子上，一眼望不到头。

但是，不同的一点是，伊瓜多在那里发现了很多……很多生命，或者曾经的生命。

首先是活的动物，灰色，小小的，肉乎乎的，和伊瓜多的脚丫子差不多大，有很小的眼睛，却滴溜溜的，非常明亮，还有长长的尾巴，短短的腿，到处乱跑，很警醒，发觉伊瓜多以后立刻就跑得更快了，不一会儿便消失得无影无踪。

在这些活的动物之外，还有死的动物……严格地说，是死的人，到处都是死人。伊瓜多发现了越来越多的死人，他们躺在地上，或者躺在透明柜之中，一动不动。

透明柜中的死人不穿衣服，身上插了一些管线之类的东西，乱七八糟地缠绕在一起，很多柜门被打开了，甚至掉落了。地面上的死人有的穿着衣服，有的没穿衣服，横七竖八，更加不整齐。多数人的身体发生了某种变化，以至于不像一个人……被什么东西咬过，坑坑洼洼，还流着黏稠的液体……有些根本已经是骨头架子了，看上去狰狞得很。

味道很难闻，看了一会儿，伊瓜多就吐了。

他蹲在地上吐，吐了七八分钟，然后起身跑了出来。

其实，一路上，弯弯曲曲的走廊里，伊瓜多已经见过不少死人，各种姿势死在各种位置，同样横七竖八。不过，那些死人着装都很整齐，有些还戴着头盔，甚至不能确定衣服下面到底是不是人。伊瓜多便没在意，最多在某些死人挡住他要走的路的时候绕一下弯子……他是个傻子嘛……但在这个房间，虽然也有着装整齐以至戴着头盔的死人，更多的却是赤身裸体的死人，形象便没有那么友好了，还有更不友好的味道。

于是，伊瓜多就受刺激了。

伊瓜多不知道是怎么回事，但我明白。

这里是一个空体储藏中心，透明柜中的人体是精神派在地表世界留下的空体，供镜像人在米利托镜像和地表世界之间进行意识场迁移而使用，是一个重要的地方。

宇宙派发动的总歼灭突袭中，地狱荒原控制中心的战斗最早就在这个空体储藏中心爆发。前面提到过，这是宇宙派的突袭策略，在突袭中首先要掐断镜像人的迁移增援渠道和信号桥接系统，空体储藏中心自然首当其冲，先遣队神不知鬼不觉摸到了这里，展开了第一波战斗。

只要摧毁空体储藏中心，镜像人就无法将意识场迁移回真正的人体来对地表的镜像保卫部队进行增援。当然，镜像人还有机器空体可以选择，摧毁机器空体同样是优先级很高的任务——但这个任务比较简单，风险也较小。机器空体不多，因为机器空体很容易制造，反倒库存很少。而真实的生物学空体几乎没法制造——已经没什么镜像人愿意回到地表生儿育女——所以库存很多，摧毁他们很需要一些时间，优先级便高得多。

总体上说，战斗很顺利，否则地狱荒原控制中心也不会成为全球第一个传出宇宙派胜利消息的地点。但是，战斗并不轻松，宇宙派也损失惨重。后来，恰恰是因为他们的损失太严重，而又轻视库存很少的机器空体，于是惹了祸，导致功败垂成。

倒不是镜像人及时进行了增援。战斗很激烈，镜像保卫部队来不及做这些事。意识场迁移的过程比较复杂，需要好整以暇地完成，在激烈战斗中完成是不可能的。而没有地表的人或机器人的配合，镜像人在镜像中无法独立完成意识场迁移的操作。

可是很不巧，那天是库存盘点的日子，一位很负责任的镜像保卫部队的战士正在盘点机器空体的库存。这种所谓的盘点并非简单地数一数机器空体的个数，而是要测试机器空体是否可用。机器空体并不像生物学空体那样在没有意识场绑定时需要空体维持系统——也就是那些透明柜——维持活性，但机器空体如果长期不用，其脑单元芯片中的量子网络容易退化，必须定期使用一下，让意识场在其中待一会儿，测试的同时也就算重新续命了。所以，为了测试和续命，恰好在那样一个时刻，这位负责盘点的战士已经将自己的意识场迁移到了某个机器空体的脑单元中。虽然镜像人无法在镜像中独自完成地表的意识场迁移操作，但位于地表的镜像保卫部队的战士却可以独自完成——不能不说，"盘点"这个词用得不太好，但他们自己确实是这么用的。

战斗发生之际，这位战士已经驱动着机器空体离开了仓库，去了测试中心。测试中心并不远，却是一个相对不太重要的地方，使用得不算频繁，在如此庞大的地下建筑群中很容易被遗忘。显然，盘点这件事被宇宙派先遣队忽略了，测试中心不在他们的重点打击清单当中。这位战士由此而错过了第一波战斗，幸存了下来。

先遣队摧毁了其余的机器空体，没有发现少了一个机器空体，多了一个空架子——未免太粗心了。即使他们不知道仓库中到底有多少机器空体，空架子也不止一个，总有报废的库存，但应该注意到，机器空体仓库中出现了一具原本不应该出现的生物学空体——那位战士遗留的生物学空体。可先遣队没有多想，只是用冲锋枪将这具多出来的生物学空体打得稀烂，然后就心满意足地离开了。

机器战士先是躲了一会儿。不清楚是什么情况，来的人很多，声势很大，局面混乱，立即参与战斗似乎不一定是个好的选择。可是，后来他发现，所有重要的功能节点都被敌人控制了，除了战斗好像什么也干不了。于是，他开始反突袭，重点是希望夺回桥接系统通讯中心，让镜像人在镜像中接管大批自动战斗机器人，这些机器人不是机器空体，并没有意识场，但战斗能力很强。

这时候，负责突袭地狱荒原的宇宙派已经向全世界发出了胜利的消息，难免有些得意洋洋而疏忽大意。同时，机器空体的战斗力不是生物学空体所能比拟的，突袭部队之前付出的惨重代价主要就是拜正在服役的机器空体之赐。生物学空体不足为虑，在突袭中很容易被悄悄消灭。所以，尽管这位机器战士只是一个人，却对猝不及防的宇宙派造成了再次的重大伤亡。先遣队不断呼叫其他位置的战友赶来增援，大家都来了，所有人都聚集在了桥接系统通讯中心——其实没剩下多少人，否则不至于全被一个机器空体干死。

可惜，这位机器战士没能坚持到最后。经过激烈的战斗，大家同归于尽了。如果伊瓜多去的是桥接系统通讯中心，将会看到更多的死亡战士，不过，没有赤裸的空体，也没有透明柜维生系统。

战场没来得及清理。战斗过程太激烈了，自以为胜利的宇宙派本来打算歇一口气，慢慢再清理，可英勇的机器战士跳了出来——于是，造就了地狱荒原控制中心的一片狼藉。爷爷带着伊瓜多来到这里以后，曾经试图清理过，但工作量实在太大，爷爷又受了伤，都清理干净是不现实的。爷爷仅仅把常去的地方清理了一下，地下建筑群中更多的地方就懒得理会了。

这些故事不全都发生在伊瓜多来到的空体储藏中心，这里只是爆发了第一波战斗。战斗之后就一直是眼前这个样子，再也没有变化过。但已经是很不雅观了。双方战士的尸体以及储藏的空体都已腐败，那些没有坚韧密闭的战斗服装保护的空体尤其惨不忍睹，被老鼠——就是伊瓜多看到的活的动物——吃了不少，肯定还有别的动物参与，只是没那么显眼。味道也非常难闻，通风系统显然未能保持完好。这里竟然有了老鼠，不知道是从哪里来的，原本控制中心中不可能存在这种生物。甚至如今的米利托星其他地方有没有如此多的老鼠都很可疑，此处无疑是它们的天堂……不仅仅是老鼠，还有其他生命，这里俨然是一个小世界。

总之，只能用一片狼藉来形容。我曾经提到过，伊瓜多从不在地下建筑群中到处乱逛，这是非常正确的决定。

伊瓜多磕磕绊绊向谈判小组讲述了他的发现。和我的讲述不同，他的讲述很难理解，缺少实质性的内容，更多的是对现场味道的描述。比如，很臭，但到底是哪种臭味？他花费了十几分钟的时间，到底也没有找到合适的对比物。

谈判小组都是聪明人，很快理解了伊瓜多的讲述。他们有些惊讶——不是惊讶伊瓜多发现的场景，那是预料中的情形——惊讶的是伊瓜多真的采取了行动，并做出了信息反馈。

谈判小组以至镜像人公众都大为惊喜，因为这证明了一个事先的推测：娜欧米拒绝对话的谎言有效地改变了伊瓜多的行为。如果伊瓜多是傻，那么他变得聪明了，如果伊瓜多是坏，那么他变得善良了……总之，镜像人获得了更多的信息，尽管这些信息本身并没有多大意义。虽然也有"坏派"提出质疑，这不过是伊瓜多的又一个伎俩，没什么可高兴的。但多数人还是认为，这件事取得了长足的进步，从未有过的进步。

于是，为了让伊瓜多更大程度地改变其行为，研究之后，按照多数人的意见，雪莉女士退出了对话。

这真是一个天才的想法……我想表示理解，但又很矛盾。

在谈判小组中，从表面的关系看，娜欧米是那个对伊瓜多抱有最大好感的人。除娜欧米之外，对伊瓜多最同情的就是雪莉女士。有理由认为，尽管肯定不能和娜欧米相比，但伊瓜多应该也能感受到雪莉女士对他的善意，并因此可能被雪莉女士的消失所影响。

一贯以来，雪莉女士基本同意伊瓜多是傻，而不是坏。她是心理学家，对人的判断似乎应该被大家格外地尊重，但事实上不然，多数镜像人不相信她。

很多镜像人认为，心理学家的问题是共情能力过强，见过太多的坏人，又总是能够替坏人找到心理困境，从而觉得坏人不那么坏，所以，难免存在把坏人当作好人的倾向。但是，也有另一部分人认为，心理学家的问题是为了避免共情能力过强而长期自我克制，面对存在心理困境的坏人时总在提醒自己，不要由于对方心理困境的存在而忽略对方的恶行……反倒在理性的强大理解能力之下造成感性的共情能力过弱。拥有这种倾向的心理学家因为习惯于克制自己的同情心，容易把好人当成坏人。

总之，雪莉女士的判断并没有特殊的说服力。

雪莉女士为此很受打击，已经有些日子了，精神萎靡，目光灰暗，出现了抑郁情绪——这是她自己诊断的。现在，她主动提议退出和伊瓜多的对话，对自身而言是个解脱，多数公众也支持这个提议。这个提议是她在整件事中获得过最多支持的提议，她为此颇感欣慰，抑郁情绪一下子好转了不少，目光都变得明亮了。

"因为你的学习进度实在太慢，雪莉女士感到很难过，她不想继续和你说话了。"

布尼先生将这种说法传递给了伊瓜多，说的话都和娜欧米被杀时一样，只是把娜欧米的名字换成了雪莉女士。

所有人都在期望，伊瓜多会受到新的影响，采取新的行动，至少说出什么新的话语——雪莉女士对他挺好的，但凡他有心有肺，应该会有所反应吧？

很可惜，伊瓜多没有任何新的行动，也没有新的话语。

不能不说，伊瓜多有些时候确实没心没肺。我想，他并没有注意过雪莉女士，也没有注意过除娜欧米以外任何其他人，甚至根本分不清谁是谁，不知道大家叫什么名字。虽然每个人都做过自我介绍，还介绍过不止一次，伊瓜多却只认得娜欧米。

可惜，镜像人不像我这么想。没有行动也是一种行动，没有话语也是一种话语。专家和公众继续进行分析。为什么？为什么娜欧米的消失是有效果的，而雪莉女士的消失是没有效果的？

对有些人来说，这个答案很简单，伊瓜多最初联系娜欧米肯定有其特殊的原因。雪莉女士只是接受委派过去参与对话，对伊瓜多来说就是个普通的陌生人而已——这种说法令雪莉女士受伤，但很可能是事实。所以，伊瓜多受到了娜欧米消失的影响却未受雪莉女士消失的影响，这没什么好奇怪的——我认同这种说法。

但对另外一些人来说，事情没这么简单。一种新的阴谋论浮出了水面：假如娜欧米确实是伊瓜多的同谋，并因此付出了生命的代价——是不是付出了生命的代价还有待商榷，说不定娜欧米正在地表世界和宇宙派一起喝茶呢，笑吟吟地看着镜像世界中发生的一切，宇宙派完全有可能在娜欧米死前一刹那解绑她的意识场从而拯救她的生命——雪莉女士为什么就不可能是伊瓜多的同谋呢？

不过，既然是同谋，雪莉女士又为何要主动退出对话？

是因为……很多种不同的可能性被提了出来，我粗略地统计了一下，大概有一百多种。

雪莉女士试图进行辩解，也有很多人帮她辩解。但很快，大家都偃旗息鼓了。雪莉女士和她的支持者发现，"辩解"这种行为，除了将舆论的火力更加吸引过来之外，并无其他用处。于是，雪莉女士停止了辩解，抑郁情绪重新加重，甚至超过了之前参与谈判的时候。最近的进展是，她找了一位资深的心理咨询师，开始了心理辅导。按照心理学界的惯例，为了避免心理辅导过程中的情绪干扰，雪莉女士之前并不认识这位同行。

雪莉女士的消失没有发挥作用，镜像人的目光转向了马奥先生，也许他的消失会发挥作用？也有人建议应该让斯基赫先生或者干脆是布尼先生消失。

那天，我因为忙着写月度工作报告，没有时间实时观察他们的决策过程。不知为什么，最终的决定是马奥先生消失……我想原因不重要，我没有去查看影像资料。主要我确实太忙，事态还在持续发展，我必须把精力放在当下。

马奥先生退出了谈判。

同样没什么用处，伊瓜多没有做出任何有意义的反应。

很快，斯基赫先生也退出了谈判——发展到今天，除了布尼先生以外，谈判小组已经换了一拨人。

这次，伊瓜多有了反应。

伊瓜多终于将地表世界的影像信号传输给了二维显示器——那个在娜欧米家客厅墙壁上挂了很久的二维显示器。

显示器表面早已蒙上了一层灰，影像忽然出现的时候，工作人员不得不手忙脚乱地擦拭，把显示器弄歪了，为了扶正显示器又把旁边桌子上的花瓶碰倒了。

无论如何，这是个重大进步，比上次有关空体储藏中心的进步重大得多，一只花瓶的代价毫无疑问是无须多虑的。娜欧米的家人还沉浸在失去娜欧米的痛苦之中，也没有就此发表什么意见，只是默默地把花瓶碎片收了起来。

镜像人将这次进步归功于他们的消失策略，他们认为，事实证明，策略没问题，关键是人选。

坦白说，我不这么认为。这件事和斯基赫先生根本没什么关系。伊瓜多一直在努力学习，他只是傻，学不会而已。但很多内容讲了很多遍，伊瓜多偶尔会开窍，这不奇怪。如果训练过狗，就一定经历过狗忽然开窍的时刻，人亦如此。伊瓜多这样，我也这样。现在，我就正处于关于某事的开窍过程之中，也许很快，就会像伊瓜多一样，忽然搞明白一些东西，然后做出一些让人吃惊的行为。

　　总之是个进步。

　　镜像人终于看到了伊瓜多，还有他那条叫作卡维尔的狗。

13

斯卡西将军很郁闷，他收到了一份报告，米利托星的光谱分析，把他的脑子搞得更乱了。舰队情报室没有关于米利托星的详细资料，当前的太空区域距离舰队的正常航线非常遥远，如果不是虫洞失效导致被意外甩出，舰队没有任何一丝可能到达这里，事先无论如何不会想到需要这片太空区域的资料。舰队情报室也不可能储存整个宇宙中所有星球的详细资料。所以，要获得这些资料，必须联系卡维尔母星，而卡维尔母星是那么遥远，但凡近一点他们就打道回府了。尽管使用了超光速信道，资料的请求和传递也花费了如此之久的时间。可是，母星对这里的情形同样缺乏了解，传回的资料并不多，只有可怜的光谱分析，而且结论很杂乱，没有确定的说法，充满了犹疑于各种可能性之间的猜测。

米利托星的光谱与众不同，很难理解。

以前还好，看起来米利托星及其恒星所组成的星系就是一个普通得不能再普通的星系，只是位置极为偏僻，孤独地游荡在宇宙边缘，离任何其他星系都很遥远。正因为如此，这个星系没有引起更多的关注，有些在校的研究生为了攒出毕业论文，才会偶尔把注意力投向这里，没什么有价值的分析。但是，从若干年前的某个时间点开始，该行星的大气光谱逐渐发生变化，变得与众不同了。最重要的变化是大气温度持续上升，上升速度很快，超出了任何恒星光照、地质变化、气候周期、生物圈演化或者文明工业化之类因素能够轻易解释的范畴。有些研究生，还有极个别闲得没事干的科研人员，开始进行解释，提出了多个模型。可是，解释各有不同，模型千差万别，离达成共识遥不可及。

事实上，所有人都热衷提出模型，却没人着急达成共识。谁都知道，由于米利托星的偏僻位置，达成或者不达成共识对于卡维尔人而言毫无意义。所以，论文写出来之后就被搁置在那里，没什么人理会，评论、回应或引用都很少，直到下次有人想写一篇新论文。新论文通常又追求建立一个不同以往的新模型，而非验证某个旧模型，引用旧论文的主要目的在于批驳。也许这样更有利于在答辩会上吸引导师们的眼球……不过就是答辩会那么一会儿，毕业以后便束之高阁了。那些极个别的不是在校学生的科研人员看起来也是类似思路，标新立异多过验证已有推测。我理解，既然米利托星如此遥远，卡维尔人对它的期望又如此之低，对它的研究便成了一个冷门课题，完全不受重视，没有共识和结论就毫不奇怪了。

我大概扫了一眼那些分析。有一个分析提到，米利托星由于其偏僻而孤独的位置，缺乏宇航中转站，资源情况也不理想，不太可能拥有深空宇航科技，宇航能力恐怕难以突破其星系范围。但是，米利托人——如果存在米利托人的话——在其他方面却很可能发展得不错，包括计算机技术。光谱中某些迹象表明，米利托人也许采用了一种罕见的巨型计算机系统建设模式，将系统嵌入到了地层中，而其散热系统并不完善，导致大气升温——无疑，这个分析是正确的。可惜，这个正确的分析在诸多分析的列表中一点也不起眼，排列在第三百多位，没有被其他分析引用，甚至没有被其他分析反驳，可能多数人觉得这个结论如此荒谬，根本不值一驳。

排列在第三百多位，实在太靠后了。斯卡西将军只看了前一百个分析，就决定不再继续往下看，错过了正确的分析。他头晕脑胀，不停地嘟嘟囔囔，主要内容是咒骂，咒骂那些研究者都是神经病，咒骂卡维尔科学界都是无用的废柴——当然，这只是他在极度沮丧中的泄愤之词，不是他的真实想法，他一贯尊重科学。

作为太空舰队司令员，斯卡西将军显然比我聪明得多，但他有一点不如我。他看得太仔细，从第一个分析开始，总在费神琢磨眼前的分析是否正确。这样思考不仅考验浅显的逻辑，还需要复杂的计算，难免费神费力，让人脑瓜子疼，而且几乎不可能得出任何结论——如果能得出结论，早就有结论了。但我不同，我看一眼导语中的概要陈述便知道哪个分析是正确的，很快就刷到了第三百多个，并且找到了正确的分析。

我认为斯卡西将军放弃继续看下去是对的。即使他看到了正确的分析，也无法将这个正确分析从诸多错误分析中挑选出来。退一万步讲，就算他挑选出了正确分析，也无助于了解米利托星当前的实际情况：那里只有一个活着的人，一个傻子，却控制着庞大复杂的米利托防御系统。

之所以说斯卡西将军脑子更乱了，并不是我的臆测，而是我的观察。

在前一百个分析中，他和副官卢卡少校的倾向不同，这本来没什么，但他竟然严重失态，和卢卡少校产生了激烈的争吵。斯卡西将军是一个成熟的人，这种失态只能归咎于内心的彻底失控和大脑中的彻底混乱。说实话，如果不是卢卡少校囿于自己的身份，还勉强有些控制，也许两个人早打起来了……谁知道呢，卢卡少校是个暴脾气，而且在这次旅程开始之前才刚刚坐到这个位置，职业生涯不算长，甚至没有经历过真正的战斗，职场经验不足，对于和长官如何相处——特别是在意见严重分歧时如何相处——并不擅长。

我有点好奇，回头可以在系统里查看一下，斯卡西将军为什么会选择卢卡少校这样一位缺乏经验又脾气暴躁的年轻人当他的副官。我猜这未必是斯卡西将军个人的选择，而可能是某种僵化的军官任命和升迁机制导致的后果。在戴森世界就存在非常僵化的职位任命和升迁机制，我认为非常不合理。如果类似卢卡少校这样的任职情况出现在戴森世界，简直再正常不过了。

话说回来，要知道，之前他们两个人对于米利托星的意见完全一致，那就是一无所知。

"不明白，你明白吗？"

"哦，我也不明白，完全不明白。"

现在不同了，他们有了选项，很多的选项。面临的题目从论述题变成了选择题，所需的能力也从创造力变成了判断力。

我认为，两个人在理性上并没有坚定的选择，但不妨碍他们在感性上产生了某种倾向。这是难以避免的，人们在面对选择时总是会对某些选项产生内心的亲近，而对另外一些选项产生内心的反感。斯卡西将军和卢卡少校的大脑还没有做出选择，内心却已经做出了选择。然后，加上为时已久的焦虑感和疲惫感导致的自控力的严重下降，两个人都不冷静，争吵就发生了。

他们的主要分歧在于，基于舰队当前的实力，米利托星是不是可以战胜并且可以速胜——拖了很久了，尽量迅速吧。

在他们看过的分析中，绝大多数认为米利托星存在人类文明，而且相当发达。不过，对发达程度的看法不同。

斯卡西将军倾向于那些认为米利托文明和卡维尔文明发达程度相当甚至略微超出的分析。眼前的米利托防御系统的存在及其偶尔展现出的强大战斗力便是明证。米利托防御系统固然具有很强的不稳定性，但毫无疑问是诱敌之计。所以，速胜是不可能的，对米利托星的进攻必须谨慎再谨慎。

有些分析论文涉及一种假想的情况——当时看来是假想，现在已经不是假想了——如果卡维尔人和米利托人开战会如何。不知为什么，面对外星人，任何星球上的学者总是倾向于自己的星球会战败，我在其他星球有不少类似发现。卡维尔人也不例外，涉及于此的多数分析认为卡维尔人会输给米利托人，胜都很困难，不要说速胜了。显然，这些分析为斯卡西将军提供了有力支持。

但是，卢卡少校倾向于那些米利托文明并不是很发达的分析。退一万步说，即使米利托文明曾经发达，目前却已衰落。米利托防御系统确实拥有不错的硬件，可表现出的战略战术能力像傻子一样——这点他说得对，系统背后就是个傻子。他认为，舰队止步不前仅仅是因为胆怯作祟，自己被自己吓住了，只要勇往直前，胜利是肯定的，速胜也是完全可能的。

尽管比较少，也有分析论文支持卢卡少校。刚才说过，面对外星人，任何星球上的学者总是倾向于自己的星球会战败，可也总有异类，偏觉得自己人会赢。倒过来，和学者相反，任何星球上的战士总是倾向于自己的文明会战胜外星人，这种倾向在其他星球也表现得很明显。但战士中同样总有异类，偏觉得自己人会输。此时此地，面对米利托星，斯卡西将军就是个战士的异类，更像个学者，而卢卡少校则是不折不扣的战士。

后来我意识到，我可能把因果关系搞反了。并非学者总是倾向于自己会失败，而是倾向于自己会失败的人更喜欢去当学者，才有更多机会展示自己所相信的洞察和反思；并非战士总是倾向于自己会胜利，而是倾向于自己会胜利的人更喜欢去当战士，才有更多机会创造并享受自己所相信的注定到来的胜利成果。不过，无论因果关系如何，学者或战士中出现异类都很正常。

我理解，斯卡西将军背负整个舰队的生死存亡。在如此遥远之地，一旦战斗失败，无法获得任何援助，几万人将葬身在茫茫太空之中。也许他心中抱着不切实际的幻想，想要把整个舰队带回母星，无法容忍旅途中被甩出虫洞所导致的莫名其妙的减员……这种想法让他无比紧张……所以，他不得不谨慎。漫长的戎马生涯中，他被算计过无数次，正是谨慎让他无往不利。而卢卡少校血气方刚，没有经历过战斗的洗礼，内心还是……怎么说呢……很单纯，不但比斯卡西将军单纯，甚至比我还单纯。一个单纯的人总是充满理想，也充满勇气，不在乎为了获得结果而有所牺牲。和他相比，斯卡西将军无疑老气横秋、瞻前顾后。

从系统管理员全知全能的视角看，伊瓜多是个傻子，这个傻子操控着米利托全球防御系统，似乎卢卡少校是对的，战胜一个傻子能有什么困难呢？我应该支持卢卡少校。其实却不一定。目前，伊瓜多最多发挥了米利托防御系统百分之十的战斗力，发挥得很随机。既然发挥得很随机，就很难说他是不是会在某个时刻忽然发挥出米利托防御系统百分之百的战斗力——同样很随机。指望伊瓜多消灭卡维尔舰队固然是妄想，但指望卢卡少校的冲锋一战成功也的确过于冒险。爷爷活着的时候，在演习中我曾经亲眼见过伊瓜多战胜爷爷。而我相信如果爷爷活着，卢卡少校所希望的事情肯定不会顺顺当当地发生。

卢卡少校不像我这么想，关键是他了解的情况不如我多。但是，他很莽撞，很着急，做了一件不该做的事。米利托星的光谱数据和分析论文是卡维尔母星发给斯卡西将军的，卢卡少校应该问一下斯卡西将军是否需要其他高级军官过目。答案可能是需要，也可能是不需要。但卢卡少校没有问，假装答案是需要，擅自把资料分发给了舰队中所有战舰的舰长和副舰长以及其他相同级别的军官。他相信，在自己和斯卡西将军的争执中，支持自己的舰队军官更多，自己一定会获得大家的拥护。大家都很勇敢，不是吗？他并不是有什么小九九，至少我没看出来。我觉得他是真心真意地认为，舰队必须行动起来，英勇战斗，否则才将是葬身太空的死路……简而言之，他对斯卡西将军有看法，想要拯救舰队。

关于米利托防御系统神出鬼没的战斗策略，本就是舰长和副舰长们的头号话题。有些人觉得可笑，有些人觉得钦佩，有些人觉得恐惧……对于米利托文明的猜测也多种多样，虽然缺乏数据基础和数学算法，却依靠直觉诞生了各种推论，其数量不比母星传送过来的分析论文少多少。现在，卢卡少校给了大家数据基础和数学算法，舰长、副舰长们相当兴奋。但是很快，大家便像斯卡西将军和卢卡少校一样陷入了混乱，然后争吵起来。

某些高级军官和卢卡少校同样持有如何如何就能拯救舰队的想法，却苦于得不到足够的支持，也如卢卡少校一般诞生了通过扩散消息而获得更广泛支持的思路。于是，光谱数据和分析论文传播到了更多的军官那里，接着是士兵……最后，舰队中的数万官兵全都知道了这些资料的内容。

卢卡少校的行为显然触犯了军纪，斯卡西将军想要枪毙卢卡少校，但终于没能下得去手。

其实，如果在卡维尔母星，任何一个普通人都可以在网络中随便调阅这些资料。不就是一个遥远行星的光谱数据和分析论文吗？几乎所有数据和论文都可以在公开的宇宙学数据和论文网络中找到，根本不是什么秘密，最多就是需要某网站的一个充值会员罢了……这是斯卡西将军犹豫要不要枪毙卢卡少校的原因之一。另一个原因是，斯卡西将军一旦在第一分钟犹豫，下一分钟便很难做出如此决绝的决定了——的确有很多官兵支持卢卡少校。

卢卡少校的行为军法不容，处决他没有什么说不过去的。但是，目前是一个非常敏感的时刻。舰队面临绝地，每个人的神经都高度紧张。斯卡西将军本来是个果断的人，可现在不同了，显然因为压力太大而变得软弱了许多，否则也不会面对困境如此迁延日久。我猜，他甚至想到了哗变的可能。总之，斯卡西将军没有枪毙卢卡少校，只是将他关了禁闭。事实上，仅仅是关禁闭的决定已经让斯卡西将军长吁短叹地犹豫了很久。他的睡眠更加不好，也不再喝那种淡蓝色的透明液体，反正喝了也没什么用，他改喝纯净水了。

我看到那个正确的分析——排在第三百多位——就止步了，没有继续向后看，但实际上有一千多种分析。颇有些军官和士兵很无聊地看了所有分析，并且进行了概要总结，其中很多总结恐怕不得要领。比如，我看到有人把人口萎缩总结为人类灭绝，有人把工业污染总结为世界崩溃，有人把文明演进总结为文明末日……简而言之，在大概六万多名舰队人员中，流传着一千多种说法。即使排除那些支持者很少的冷门说法，整个舰队也被分成了一百多派。

在舰队和米利托防御系统纠缠的这些日子里，战斗也好，观察也好，舰队的各个部门好歹积累了不少信息。一百多派都从这些积累的信息中找到了可以支持自己意见的迹象或线索。在我看来，其中大多数——迹象也好，线索也好——只不过是想象力丰富的产物。但是，没有一个卡维尔官兵认为自己的想象力丰富，普遍认为自己的判断力精准。这就没办法了，人们通常低估自己的想象力，而高估自己的判断力。

舰队乱成了一锅粥，六万多卡维尔官兵忙着争吵，忙着说服别人，忙着因为别人的不可理喻而感到郁闷，忙着因为别人的胡搅蛮缠而感到愤怒……打架事件越来越多，军纪处忙得焦头烂额……进攻之类的军事行动迅速减少。

这给伊瓜多创造了绝好的时间窗口，可以尽情和镜像人谈判小组磕磕绊绊地扯淡。期间，娜欧米、雪莉女士、马奥先生、斯基赫先生先后离开了谈判小组。

不，严谨地说，娜欧米不是离开，而是死了，死在一伙激进的年轻人手里。

伊瓜多很难过，尽管他不知道娜欧米已经死了，对他而言，娜欧米只是消失了。我也很难过，我知道娜欧米已经死了。无论从哪个方面说，娜欧米都是一位好姑娘，一位值得人们为她的逝去而难过的好姑娘。不过，镜像中颇有一些人为此感到欣慰甚至兴奋，因为一个危险分子或者潜在的危险分子被铲除了。

14

我最近心烦意乱，总是放不下伊瓜多，这是个问题。

观察米利托星的兴亡算是在我的工作范围之内，但只是一件鸡毛蒜皮的事。按照重要性分配时间的话，我大概每周能花一秒钟在这件事上——也就是说，根本不应该花任何时间。可实际上，我每天都花费好几个小时观察伊瓜多，以及观察和他相关的镜像人或者卡维尔人，甚至会加班干这件事。

显然我过分了，难免影响其他正经的工作，何况我为此加班的时候还额外领取了加班费。

328号系统先是关闭了多维空间管理，那是实现超光速太空跃迁最高效、最可控的方式，然后关闭了虫洞，一种低效也不太好控制但好歹可行的方式。从而，328号系统中不会再有恢宏的宇宙战争，或者说，就算恢宏也恢宏得有限了。说实话，虽然公司对这事有官方解释，和平什么的，复杂性什么的，巴拉巴拉，可我完全不能接受。不是说我不理解其中的逻辑，更不是说我反对其中的逻辑，我的科学素养不支持我提出任何有价值的质疑。但是，我的内心始终无法接受，觉得哪儿出了什么问题。

这事儿早有端倪，传说了很久，终于在某次会议上以一种不经意的方式做出了决定。有人说，重要的决定都是筹谋已久然后以不经意的方式做出来的，那些貌似严肃的决定反而常常是仓促之举，通常也没有什么实际意义……总之，既然是决定，无论是怎样的决定，我这种基层的系统管理员都只有看着的份儿，有时候去执行，有时候连执行都不是我执行，比如这次，虫洞这事复杂，需要管理总监的权限。执行尚且如此，发表意见就更没有机会了。

但是，我阻止不了自己大脑的运转。我是有情绪的，尽管这种情绪没人在乎，甚至没人知道。由于这种情绪，我莫名其妙地迷上了伊瓜多。从仅仅知道有伊瓜多这么个傻傻的人、有米利托星这么个诡异的地方，发展到整日都在观察，不能自拔，并且为此领取了加班费——这是一件严重违反工作纪律的事。

不要误会，冒领加班费这个行为本身没有多严重。有些同事会无所事事地坐在那里，仅仅因为下了班没有地方去而加班，基本都在发呆，或者有些同事花时间偷录和剪辑系统中禁闭区域的奇怪故事，并通过某种我不了解的渠道倒卖出去，据说能卖不少钱，一高兴，很容易就加班了……回头我也该试一下……这都没什么了不起，公司在乎的并不是那么一点加班费。

戴森世界有的是钱。328号系统是戴森世界最大的系统之一，为戴森世界贡献了很多钱。我们送人进去玩儿，那些脑残的穿越者驾驭他们选中的系统人空体，加入宇宙战争的一方，一边用难以想象的武器扫射另一方的系统人或系统人战舰，一边"哈哈哈"地傻乐，全身的肥肉跟着笑声一起抖动，颤悠悠地像果冻，站都站不住，满地打滚儿，经常失去准星，把自己战友的脑袋或者战舰爆掉，一点都不像真正的系统人，在系统保护功能和系统管理员的帮助下才能勉强隐藏身份……从他们的口袋里掏钱别提有多容易了。而且，赚钱还有很多法子，各种各样的法子，产品经理们的脑子里全是钱，只要开个口子往外倒就行。这里是戴森世界，是 328 号戴森球，可不是那些勉力维持的废柴的第三方戴森球。当然，如今多维空间管理和虫洞功能都被关闭，宇宙战争的规模大幅萎缩，最受欢迎的宇宙战争参与项目遭受灭顶之灾……公司的决定够决绝的，家大业大就是好……相关业务部门原本的业绩目标肯定达不到了，也许会面临大规模裁员甚至业务线破产的窘境，还牵涉很多合作伙伴，比如那些专门负责怂恿脑残来参与宇宙战争的家伙……我很难想象他们会有多么愤怒，又会做出什么样的事情。说实话，断人财路如杀人父母，他们做出什么样的事情我都能理解……这很可疑，也很可怕，但和我没关系，和那一点加班费没关系。相比庞大的业务收入，区区若干系统管理员的加班费实在不值一提。

　　问题不在于钱，而在于事。加班费不重要，加班原因很重要。我的老板已经为此找我谈过几次话，很快还要谈话——不再是我的老板，而是公司委派的督察委员。那家伙正在路上，正在跨越几十万光年的茫茫宇宙前来见我。我有点自豪，自己竟然搞出了这么大的动静，惊动了督察委员，并且是亲自来见我，不是每个人每次违规都会如此。但是，我也很紧张，搞得不好，我会为此丢了饭碗。

戴森世界的系统管理员并不是一个受欢迎的工作。

在遥远的太空，在围绕着某个巨大恒星汲取能量的钢筋铁骨的戴森球中，当一个上帝，管理着若干宇宙，乍一看似乎挺有意思，其实很无趣，而且很折磨人。关键是，所谓的管理只是按照管理规则做一些既定的程序性的事，管理员的自主权相当有限……看着世界演化，看着生命繁衍，看着日升日落，看着潮起潮平，看着喜剧也看着悲剧，看着伟大也看着平凡……管理员的情感很容易涌动以至泛滥，却只能袖手旁观。

最初会有些好奇，但无力感很快会取代好奇。很多时候，无力感会如此蓬勃，以至悲伤、愤怒、怨恨、绝望等等的负面情绪会接踵而至……所有人都知道，戴森世界的系统管理员是心理疾病发病率最高的群体，人们早已认识到这是一个高危职位。再说，在如此遥远而荒凉的地方工作，远离真实的社会，远离亲人和朋友，看到的悲喜也不允许和人分享……可以说，孤独感充满了每一个系统管理员的每一个毛孔，有心理疾病再正常不过了。

总之，戴森世界系统管理员这个工作，金玉其外，败絮其中的本质早已被认识得很清楚了。没有多少地球人愿意从事这份工作，导致这份工作的薪资很高。最初，我就是由于薪资的原因才来到这里工作。可是，薪资很高已经变成了一个新的问题，给戴森球的拥有者带来了很大的经济压力。据说，有些第三方戴森球为了降低人员成本，开始私下雇佣系统人充任某些工作岗位——从系统里将系统人的意识场迁移出来，再使用粗劣的人造空体复活他们，然后让他们低薪工作……这是违法的，可就是有人敢干。

目前，戴森世界自己的戴森球应该还好，没听到过雇佣系统人的消息。但谁知道会不会有一天也走上这条道路呢？这些天，我偶尔会冒出一个念头，如果戴森世界也走上这条道路，也许就是从我的岗位开始吧？我自己评估过，我认为再合适不过了，我的工作很容易，不然我也没有那么多时间观察伊瓜多。再说，他们对我有那么多的看法，有那么大的意见……可能我想多了，雇佣系统人的第三方戴森球是穷疯了，戴森世界却一点也不穷。

钱不是问题，但我这种人是问题，我做的事是问题，并且是公司最重视的一类问题——作为系统管理员，不能和系统人共情，而他们恰恰认为，我和系统人共情。

这在任何戴森球都不被允许。

我在口头上当然不承认，但在内心中是承认的，至少有些时候是承认的，特别是在情绪低落的时候。其实，我自己也为此苦恼，我希望自己能够摆脱伊瓜多，做回一个坚定的、冷漠的、居高临下的、睥睨众生的、以万物为刍狗的系统管理员——我曾经是那个样子，并且为之感到自豪，现在却做不到了，奇怪。

我理解公司对这个问题的重视。

系统管理员过于和系统人共情，是系统管理员爆发心理问题的初期征兆。如果不加以干预，系统管理员自己会陷入痛苦不说，还可能导致系统管理员越权做出干扰系统正常运行的事。那影响的就不是系统管理员自己，而是系统人、戴森球、公司以至客户了。曾经发生过极端恶劣的先例，有成批的穿越者因为系统管理员的越权行为死在系统中，甚至戴森球所拥有的强大的生命保全机制都未能挽救他们的生命。

尽管权限管理已经非常严格，按说不好捣鬼，可道高一尺魔高一丈，到处都是黑客，黑客们拥有各种各样难以防范的技术手段。系统管理员只要好学，便能学会各种黑客技术，加上比黑客优越得多的工作岗位，能够干出来的事不是黑客可以比拟的。而"好学"这事，在共情泛滥的情况下根本不是个问题。就像我，以前也懒惰得很，但最近一段时间不要提多勤快了。

上次谈话，我的老板指出了我的问题，他已经不是第一次指出这个问题，但我的改善有限。事实上他认为，我根本没有改善，而是恶化了，恶化速度还在加快。我有时不同意他的说法，有时又同意他的说法。不过，我同意不同意他的说法并不重要，重要的是那些有权力的人同意。所以，公司派出的督察委员来了。

可怜的我。我还不能对督察委员说我自己很痛苦，我自己想摆脱伊瓜多——这样说只能证明我已经病入膏肓。

我应该说，我没有啊，没有啊，谁共情那个傻子啊？他是傻子，我又不是傻子。我只是玩玩。看戏嘛，大家都看啊！他们都看，真的。您也当过系统管理员吧？您不看吗？我不信……至于加班费，对不起，我没注意，习惯了，加了班便顺手填一张加班表格，就是习惯而已。大意了，大意了，我不是故意的。再说了，您是督察委员，加班费的事又不归您管，财务都没说什么呢……您管的事情您放心，我没共情，真没共情。

对，大意了，我不是故意的。

我似乎已经看到了督察委员坐在我的对面，盯着我，若有所思，琢磨着我到底是怎么回事。

我是怎么回事？

我不知道，也许就是有病吧。

现在这个世界，有病的人多的是，又不是只有我一个人，干吗总盯着我不放呢？我惹不出多大的麻烦，基本的理智我是有的。按照你们的怀疑，我那么共情伊瓜多，但我没有为伊瓜多插手娜欧米被杀的事啊！我明明可以的，但我没有啊！我对娜欧米本人也感觉不错呢，就算这样，我不也袖手旁观了嘛！我只是清除了娜欧米睡衣上一块污渍……不，这件事不能说……总之，我什么也没干，有些人的情况可比我严重，更值得你们注意。远的不说，看看我那些同事，那谁……唉，算了，不说了，再说下去不厚道了。

好像不对……他们本来就想证明我有病，好把我撵走，我怎么能说我也许有病呢，就算这个世界有病的人多的是，我也不能说我有病……不，我没病。

这事不容易，我得好好想想，怎么应付督察委员。

15/

　　伊瓜多的面相不太好看，脸有些浮肿的样子，两只眼睛的目光很呆滞，鼻头肥大而扁平，嘴总是半张着，唇色暗沉，牙齿不整，偶尔还会流出哈喇子，面部皮肤也不光洁，油脂分泌过多，痘痘不少，这可能和机器果树的果实有关，营养成分的配比不够科学，或者和天气有关，毕竟好久好久没见过太阳了，但也可能只是伊瓜多的生物学基因决定了这一切。

　　伊瓜多僵直地坐在椅子上，呆呆望着屏幕中异世界的镜像人。他的旁边，在另一张椅子上蹲着的那条叫卡维尔的狗，倒是精神得很，虽然嘴也半张着，舌头半伸，呼呼地喘着气，似乎一样傻，但目光比伊瓜多有灵性得多了。

　　摄像头显然是操作台的主摄像头，当伊瓜多和镜像人通话的时候正对着他。

　　可以推断，一旦要将实时影像传输到米利托镜像中，当前这个摄像头理应是默认的摄像头。布尼先生和教学小组尝试让伊瓜多切换其他摄像头，以便多看到一些场景，但是没有成功。于是，他们能够获得的地表世界的影像就仅限于伊瓜多、卡维尔狗以及背景中一张乱七八糟的会议桌，还有几把椅子和一面墙。

在快速浏览了伊瓜多那令人不适的面容之后，一些人喜欢上了卡维尔狗，另一些人的目光被那张桌子吸引过去了——事实上，一旦人们意识到伊瓜多不会或者假装不会切换摄像头，这张桌子便迅速成为各路专业或非专业人士进行分析和研究的重点。

桌子上摆放的物品不少，似乎透露出了比伊瓜多的面容多得多的信息。

我懒得去查阅老旧的资料，不清楚这张桌子之前是谁在使用以及如何使用。但我知道，爷爷在的时候，主要训练伊瓜多操控全球防御系统，关于镜像控制训练得不多，来这个控制室的次数不是太多，即使来了也就是和伊瓜多一起坐在控制台前。我印象中他对那张在他们背后离控制台至少有五米远的会议桌不感兴趣。他需要使用或者随手带着的一些东西通常会放在控制台上，就在手边，拿起来更加方便。现在控制台上也散落着一些当年的东西。

我认为，如果要分析伊瓜多，分析地表世界当前的情形，控制台上那些东西更有价值。但很可惜，由于摄像头角度的关系，那些东西不在视野中，镜像人看不到。镜像人能看到的恰好是伊瓜多背后会议桌上这些和伊瓜多、爷爷甚至这个时代毫无关系的物品。

伊瓜多和卡维尔狗的身体遮挡了会议桌的某些部分，但偶尔他们的身体会晃动，又露出了被遮挡的区域。于是，很多在我看来根本无用的信息就被传递到了镜像人的眼中。

镜像人罗列出了会议桌上的所有物品。

四个文件架，二十二本书，五叠纸质资料，两瓶饮料，都喝了一小半，四个小瓶子，可能是洗手液、护手霜、驱蚊液、空气清新剂之类的东西，四台电子设备，多半是笔记本电脑，五个水杯，两个是玻璃的，三个是陶瓷的，七支笔，四支是智能笔，三支是普通铅笔，两个桌面垃圾桶，一个是圆形的，上面画着一只梅花鹿，一个是方形的，上面画了一幅由铁塔、河流、落日、树木组成的线条画，两个桌面垃圾桶都有黑色内袋，看不到里面有什么东西，但周围散落着一些瓜子皮，严格地说，是有二十三片，最后，还有十一只蚊子和六只其他昆虫的尸体……

一大半镜像人看到了直播，看到了伊瓜多和卡维尔，也看到了会议桌。于是，一夜之间，上万篇分析报告出炉了。

如果用会议桌上的那几叠纸质资料的方式呈现，这些分析报告有的大概只有两页，有的却大概有两千页。

显然，一个人在一个夜晚的时间里不可能写出两千页的报告，肯定是团队紧密合作的结果，并且团队内部一定配合默契，进行了合理有效的分工……即使如此，这样的团队也必须说非常能干而且非常努力了。从这件事可以看出，镜像人对于伊瓜多的出现是多么的重视，对于此次影像传输又抱以多么大的期望。

对会议桌的分析研究主要从几个方面展开。

首先，会议桌内容的呈现是刻意的还是无意的？是一个真实的工作时刻的截面，还是一个虚假的传递欺骗信息的道具？这是最关键的问题。毫无疑问，这个问题的答案很重要，对于其后所有分析都有影响，会导致完全不同的分析结果。但是，另一方面，这个问题的答案却又不可避免地受其后各种分析结论的反向影响。二者相辅相成，互为因果。

其次，会议桌上的物品反映出的地表世界的当前生活状态是如何的？是发展的还是衰退的？是生机勃勃的还是死气沉沉的？是物质极大丰富的还是生活艰难困苦的？自然环境是否如预料般恶化？恶化程度又如何？

第三，会议桌上的物品反映出该控制中心内的工作人员——目前来说只知道伊瓜多，但只知道不代表只存在——的工作状态是如何的？轻松还是紧张？愉快还是压抑？低效混乱还是高效有序？工作目标是什么？短、中、长期目标是否一致？目前是按计划进行还是出现了某种意外？进而，这种工作状态是否反映出外星人入侵的真实性？如果外星人入侵是真实的，其严重程度如何？如果外星人入侵是不真实的，这个谎言的目的又是什么？

第四，会议桌上的物品是否能够反映出宇宙派当前的社会思潮和行政管理状态？是集权高效还是自由散漫？是尊重个人还是尊重集体？是众志成城还是撕裂对立？

第五……

第六……

等等，让我歇会儿再看。

不，不，实在太多了，我不打算看了。

总之，很多的角度，很多的侧面，很多的可能性……有些可能性不是我的智力水平所能够理解的。

尽管从现实来看，我生活的世界比镜像人生活的世界高出了两个宇宙层次，但就思维的复杂度而言，我这个高等级宇宙中的人类无法理解他们这些低等级宇宙中的人类的思维是完全可能的。这么看的话，有些戴森球雇佣系统人来充任某些工作岗位没什么不合理。系统人一点也不比我们地球人差，有时甚至比我们地球人强，至少比我强，说不定还强不少。

我再次开始担心，我的工作会被系统人替代……迟早的事，一定是迟早的事。

就这种担心而言，我关注的不应该是某些第三方戴森球私下且非法的雇佣行为，更应该关注那些不像系统管理员这样敏感的岗位，以及不像戴森世界这样敏感的企业。其实，社会上早已充斥了系统人，比如 32 号人就到处都是，他们只需一纸签证便可以来到地球宇宙，自由自在地旅行。而且我听说，他们最近闹得很凶，争取这个权利、那个权利……工作签证是主要目标之一……还有个什么法案……什么法案来着？我忘记叫什么名字了，但我知道，他们为此搞得动静很大。这件事也许才真的会和我有关系，我不应该如此漠然置之，却去关注什么第三方戴森球。

我真应该回地球看看，哪怕仔细研究一下地球信息网络，可是地球信息网络……怎么说呢……远不如系统宇宙和系统人更有吸引力，无法抓住我的眼球。尤其是我所参与管理的 328 号戴森球，是戴森世界建设的规模最大的戴森球之一，博大精深，变化万千，很有意思，值得玩味……不，不，这种想法是不对的，是我的问题所在，我不应该这样想，不应该。

显然，我严重地混淆了虚假和真实。

即使不谈虚假和真实这种扯不清的话题……米利托人扯了几百年都没

有扯清……我也是混淆了宇宙的不同层次，我所屈服的这种吸引力是一种不健康的吸引力。我一直都在试图纠正自己这种不良的混淆倾向，但很不容易，它总在不经意的时候忽然冒出来，搞我一个措手不及。

我离开自己的世界太久了。很多时候，我觉得我已经变成了328号戴森球上的一个零件，和一个内存芯片或者一个处理器芯片没有什么区别……可能仅仅是一个微型风扇，永远也不停歇地转动着……只是功能不如它们稳定，功耗也比它们高。

话说回来，看看镜像人关于会议桌的问题。

从第一个问题开始，会议桌的呈现是刻意的还是无意的？镜像人立刻分裂为针锋相对的两派。

从我的角度看，这个问题似乎只能是一个主观判断，无法找到什么客观依据。但从镜像人的角度看，我这样想仅仅是因为我的智力水平和知识水平较低造成的。事实上，无论是"刻意派"还是"无意派"——为了方便起见，我这样称呼他们，相信不久之后他们就会这样称呼自己——都找到了某些客观的依据，而非仅仅依赖主观直觉胡乱发表意见。

比如，两派人中都有科学家建立了多个数学模型来论证刻意和无意的区别。有些模型描述了会议桌上那些物品如果是无意地被放在会议桌上时，其散布模式应该是什么样的。如果实际的散布模式过于奇怪，那就肯定不是无意而是刻意的了。另外有些模型，反其道而行之，描述了会议桌上那些物品如果是刻意地被放在会议桌上时，其散布模式应该是什么样的。如果实际的散布模式过于奇怪，那就肯定不是刻意而是无意的了。

关于这些数学问题，我能够理解的仅仅限于他们的论证角度恰好是相反的，至于细节，我完全不懂。

迄今为止，我还是相信数学的……也许正在走向怀疑的路上，但步伐尚未抬起，至少尚未落下，我对于背弃自己曾经的信仰一直有所犹豫……所以，我很困惑于这两派的数学家竟然没有达成一致，而是得出了完全相反的结论。

相较于会议桌而言，对于伊瓜多本身的研究反倒少了许多。可能是因为伊瓜多形象不佳，令人厌恶；也可能是因为他的面容缺乏信息的可感知度；或者是因为听惯了他的声音，尽管他的面容是第一次出现，却依旧显得新鲜感不足。说实话，我难以判断究竟是什么原因导致了这种情况，只知道从结果来看，关于伊瓜多的研究是很少的，还不如对卡维尔狗的研究多。

很多人非常喜欢卡维尔狗。当然，人类喜欢一条狗并不奇怪，但是，他们是如此喜欢，甚至于产生了一种全新的质疑：这条狗才是整出戏真正的主角，它在暗中观察一切，也在暗中操控一切。伊瓜多只不过是一个伪造的形象罢了，一个配角，一个道具，一个魔术师的小花招，用来蒙骗镜像人的。

我之前从未这样想过，但看到这样的说法以后立刻意识到，这完全有可能。

在将地表影像传递到镜像世界的二维显示器的过程中，进行这种形象方面的伪造轻而易举，大概几十行代码便可以做到。况且，伊瓜多的形象的确很像是伪造的，如此缺乏活力，缺乏灵性，也许十几行代码就够了。

卡维尔狗的形象则要生动得多。它可能拥有人类的意识场，要让人类的意识场迁移到狗的空体中并正常工作完全行得通，而且它的形象也可能是伪造的，连意识场迁移都不需要。

反过来想，如果这一切是宇宙派一个处心积虑的计划，一个居心险恶的阴谋，而宇宙派料到了其联系人最终不免将其形象示于镜像人，并且一早打算伪造示人，那么最初就将联系人伪装成一个傻子毫无疑问是最佳选择：即使将其面目示人，也不容易露馅。

如果是一个正常人，任何行为都可能成为观察者眼中的蛛丝马迹，从而被怀疑，甚至从中推断出有效信息。傻子却尽可为所欲为，可以随意表露出任何的表情和声调。观察者能对一个傻子期望什么呢？又能怀疑什么呢？

而卡维尔狗……一个阴恻恻的不引人注目的旁观者……大脑中绑定的人类意识场一边偷笑，一边琢磨着坏主意。

必须承认，镜像人产生这种质疑确实有其复杂但合理的逻辑。这再一次证明，我的思维过于简单，很单纯，很愚蠢。不过，可惜的是，镜像人想多了。伊瓜多就是个傻子，并非伪装。他的形象也非伪造，就是长得不好看罢了。而卡维尔狗同样，是实实在在的一条狗，它的确能观察，但肯定不能操控。作为系统管理员，我能观察到伊瓜多和卡维尔狗的一切，充分了解其真实性。

布尼先生一直对伊瓜多的说辞充满了怀疑，可不知为什么，在看到伊瓜多的面容之后，在看到上万份关于会议桌的分析报告之后，尽管很多人如我之前所言，指出了宇宙派联系人装傻的更充分的理由，但他竟然开始转而相信伊瓜多，逐渐从"坏傻派"的立场转向了"傻派"的立场。也就是说，布尼先生本来认为伊瓜多坏而娜欧米傻，如今却认为伊瓜多傻了。至于娜欧米，既然伊瓜多傻，她当然便不傻，也不坏——可惜她死了，死于正确的判断。

布尼先生公开表达了自己的意见。但他的意见没有被尊重，反而引起了攻讦，大范围、深层次的攻讦。

这个方头大耳的家伙被那副傻乎乎的面容俘虏了！

这是否证明宇宙派装傻的策略再次取得了成功？

很快，"坏傻派"中的"傻"，或者"坏坏派"中的第二个"坏"，不再是指娜欧米，而是指布尼先生。这可以理解，毕竟娜欧米已经死了，讨论她已经没有意义，布尼先生却还活着，并且是谈判小组负责人，对米利托镜像的未来至关重要。布尼先生需要被讨论，需要被确保不是坏的。

坏傻派和坏坏派认为，既然伊瓜多是坏，布尼先生又不再这么认为，那么布尼先生就变成了当初的娜欧米，不是傻便是坏，自然对布尼先生很有意见。而在傻派那里，布尼先生也没有获得太多支持，毕竟他曾经那么坚定地认为伊瓜多是坏的。虽然一部分傻派原谅并接受了他，但更多的傻派执着于他曾经的立场，不打算接受他。倒不是说不允许他改变意见，而是他曾经的立场表明，他从骨子里是一个多疑的、阴暗的、恶毒的人，他的观点像镜子一样映射出他的本质。如今，他的改变又说明他是一个善变的人。拥有这些恶劣品格的一个人，即使在某件事上和自己意见一致，自己也不屑与之为伍。所以，尽管傻派的人数一直比较多，但布尼先生的立场改变并没有给他带来更多的朋友，反而招来了更多的敌人。

于是，不幸再次发生。

某一个清晨，布尼先生像往常一样赶往娜欧米家。娜欧米被杀已经很久，但她家的客厅依旧是谈判现场。路上的时候，布尼先生被人尾随，然后在一个街角被杀了。

杀布尼先生的人不是杀娜欧米的那伙年轻人，那伙年轻人因谋杀罪被捕，正在等待审判。这次动手的是一个中年人，独自动手……不重要，都不重要了，反正布尼先生死了，谈判小组不得不换一个人负责：朗杜女士。

布尼先生被杀的时候局势还算好，尽管群情激愤，也穿插了杀人这样的违法行为，可后来人们回忆，普遍认为那个阶段依旧有机会控制局势。但是，镜像人联合政府没有及时决断，更没有采取有效的行动。他们仅仅抓捕了杀人者，却对舆论的对立毫无作为，否则就不会有其后更严重的情形发生了。

我同意这样的判断，但也对镜像人联合政府怀有同情。这个所谓的联合政府其实很为难。

联合政府中的很多人都曾经提议采取严厉手段来控制舆论的发酵，但想要控制的方向有分歧。

一部分官员认为，伊瓜多确实傻，舆论应该回归到如何帮助伊瓜多防御外星人，也是帮助镜像人自己，帮助镜像世界生存下去；而另一部分官员却认为，伊瓜多的坏已经是如此昭彰……还防御外星人，这都多久了，一个傻子面对外星人，能支撑这么久吗？别扯了……舆论应该回归到如何给伊瓜多施加压力，让他暴露自己真实的目的——政府和公众一样是分裂的。

另外，还有一部分官员认为，根本就不应该再让公众参与讨论这件事了。参与讨论的人越多，情况便愈发复杂、愈发难以处理。这件事的决策和执行过程都应该被限制在一个比较小、比较可控的范围内。可是，这样做意味着需要对谈判的信息进行某种封锁。毫无疑问，封锁信息将会带来更大的舆论压力，之前曾经经历过这种压力，要不然也不会发展到今天，事情可能早就悄悄解决了……为了应对舆论而引发更大的舆论，明显是一个悖论。

如果官员们的分裂仅仅是他们个人意见的不同，也许形势还有转机，但事实上并非如此。

所谓镜像人联合政府，只是各个国家的政府共同组成的一个协调机构，权力有限。而每一个官员的意见背后，都代表着真正拥有权力的各自国家政府的立场。

当初，在大批米利托民众陆续迁移意识场进入米利托镜像的时候——即所谓的"大迁移"时期——为了更好地统一行动，特别是为了更好地协调资源分配，镜像人联合政府在第一时间就成立了。但是，民众难免依据原先所属于的国家聚集居住。语言、文化、生活习惯等等特性的不同决定了，人类无论走到哪个层次的宇宙，这种聚集居住都不可避免。联合政府之外，居住地肯定需要建立各自的管理机构。于是，除了极个别的例外，地表世界的国家最终几乎原封不动地迁移到了镜像世界中——当然，就居民而言，存在少数的交错，有些人回到了他们的民族占比较高的国家。

由此，镜像人联合政府便成了地表世界各种全球机构的镜像翻版，并没有能够像最初想象的那样成为一个大同世界的统一政府，其权力自然受到了制约。

好在，镜像世界中的资源是如此丰富，镜像设计者为大家未雨绸缪了一个资源过剩而非资源紧缺的环境。甚至还有那么多镜像宇宙中的处女地可以征服，全是富饶之地，镜像宇航技术也像预想中那样快速发展，镜像人顺利地迈出了走向镜像宇宙的步伐……在可预见的将来，资源都不会成为一个问题。所以，镜像中的国家尽管是米利托星地表国家的翻版，却再也不需要像在米利托星地表的时候那样，为了一口粮食、一瓢水或者一桶石油而争执。相当长的一段时间内，和平的前景明明白白，似乎没有什么好怀疑的，镜像人都对自己的世界充满了信心。

但是，即使资源问题解决了，也还是有不少分歧横亘在不同国家之间，比如对某些问题的看法，或者对某些领域的权利……这些分歧不像想象中那么容易解决。

例如，各个国家都认为，什么是犯罪，犯罪应该如何被惩处，惩处的力度如何把握，审理流程应该是怎样，法官应该如何挑选，罪犯又拥有哪些权利，死刑能否被接受，监狱是否应该提供完善的家居环境，囚犯是否应该工作并和普通人同工同酬……这些事自己就可以处理，无须他人置喙。

所以，在两起杀人事件中，抓捕杀人者——杀娜欧米的团伙和杀布尼先生的个人——这样的执法行为都是由杀人行为所在地的国家政府完成的，和联合政府没有什么关系。联合政府仅仅负责向整个镜像世界公布凶手已被抓获的消息。在不了解情况的人看来，似乎是联合政府进行了执法。其实不然，他们只是进行了恰当的宣传，让大家误以为如此。

显然，控制舆论对立以至撕裂这件事，根本就不是联合政府能够完成的任务。不同国家的意见不一样，导致联合政府无法做出决定，无非是扯皮。

不是每个镜像人都理解并接受联合政府这种情形。

很多人认为，伊瓜多的事是镜像世界最重要的事，是关涉镜像世界生死存亡的事，如果在应对这样一件事的过程中，联合政府都无法发挥主导性，那还要联合政府干什么呢？这是一个机会，一个改革的机会，对镜像人联合政府和各国政府之间的权力分配结构进行彻底改革的机会。

当然，这种想法在另外一些人看来未免过于幼稚，他们甚至懒得反驳，只是报之以两声"呵呵"的讥笑，也许还微微地摇了摇头，不失风度又隐晦地表达了自己的意见，然后就转身走开，免得被纠缠，小碎步迈得很快，仿佛有人在召唤自己。

分歧点越来越多，有些分歧点已经和伊瓜多没有什么关系，越来越深入镜像人自身的世界。

关于这些分歧的论战烈度不比关于伊瓜多是傻还是坏的论战烈度更低，事实上更容易激化。毕竟，关于伊瓜多是傻还是坏的论战说到底是在谈论别人，而现在的论战却是在谈论自己。听到有人诋毁别人，即使不够公平，还勉强可以为了风度伪装冷静，但听到有人诋毁自己，那是万万不能忍的。

最终的崩溃在又一次谋杀事件之后发生了。

这次被杀的人是朗杜女士，新任的谈判小组负责人。

朗杜女士的被杀原因和娜欧米以及布尼先生的被杀原因截然相反，是傻派干的。

最初，朗杜女士的意见是中立的，既没有坚定地认为伊瓜多傻，也没有坚定地认为伊瓜多坏，而是认为需要更多的事实、数据、调查和分析。但是很不幸，这样的论调很脆弱，在她只是一个旁观者时是可行的，在她是一个参与者时却是不可行的——她总是被逼问她的倾向。即使没有事实、数据、调查和分析，她也应该有基于自由心证的倾向。这些逼问来自家人、朋友、领导、同僚、记者甚至路人，她无处可躲。

客观地说，到了如此一个阶段，每个人都和朗杜女士一样，不得不面临必须做出选择的情境。

本来，很多人没有什么特别的立场，是保持中立或者希望保持中立的，可当周围大多数人都有立场时，就不得不选择一个立场。比起被一部分人反对但至少被另一部分人支持，那些中立的人则被几乎所有人反对，不是一个明智的做法。

每个人都必须为自己标定一个身份，加入一个群体，朗杜女士也不例外。同时，因为她担任着谈判小组负责人的职务，面临的情境更为险恶，承受的压力也更为巨大。

朗杜女士没能坚持自己的意见。

在某一次和伊瓜多很不愉快的沟通过程中，她的脸上露出了难以遏制的厌恶之情，嘴巴还动了动，似乎嘟囔了一句什么。

说到底，造成今天的局面，伊瓜多是有责任的，他总是能够让人忍无可忍——旁边的卡维尔狗起到了一定的缓和作用，如果没有卡维尔狗，伊瓜多让人忍无可忍的威力将愈发蓬勃。这一点我可以作证，朗杜女士实在没什么可指责的，我如果处在她那个位置，也许早就破口大骂了。

朗杜女士的影像通过直播传送给了每一位镜像人，包括各式各样的专家。其中，一批唇语专家立即对她的嘟囔进行了分析。

最早的分析在五分钟之后就传遍了网络，最迟的分析花费了两天时间，但动用了最先进的智能分析系统，无疑拥有强大的说服力。无论是最早的分析还是最迟的分析，不约而同得出了一样的结论：朗杜女士嘟囔的那个词是一句脏话……我不想说这个词。

这个词原本的意思和傻子很接近，并不算脏话。不过，在镜像世界中，不知从什么时候开始，人们一般将这个词用在坏人身上以表达对邪恶的愤恨。如此用法的时间一长，这个词的涵义就发生了微妙的变化，变成了一句脏话。

现在，如果对方是一个真正的傻子，使用这个词已经非常不合适，直指对方的生理缺陷，被认为极其不道德——镜像人的道德水平很高，不可能当面指斥对方的生理缺陷，这样的行为无法接受，从来都会被人鄙视。

但是，如果对方不是一个傻子而是一个坏人，使用这个词倒没有什么不道德，因为只是一句明显错误的陈述，谁都知道是为了泄愤，和一句普通的泄愤的口头语并没有区别，而人们对口头语的容忍程度一向很高。

在镜像世界中，不，应该说在我见过的几乎所有的系统世界中，甚至在地球世界中，很多时候都是这样，说真话是不道德的，说假话反而体现了修养。尽管似是而非，但在政治上是正确的。

于是，当有人在新闻发布会中追问朗杜女士，她到底说了什么又到底是什么意思的时候，朗杜女士陷入了两难：要么承认自己说了很不道德的话，面对一个傻子，竟然毫不隐讳地指出了对方是一个傻子；要么承认自己认为对方是个坏人，仅仅由于正义感爆棚而骂了脏话，并非在指出对方是傻子这样一个事实，实际上，恰恰在否认对方是一个傻子。

理论上存在第三个选项，朗杜女士可以不承认自己说了这句脏话，指责唇语专家进行了误读。但是，这样做会显得很不诚实，由于懦弱而导致的不诚实。毕竟那么多唇语专家都得出了相同的结论，而且最先进的智能系统进行了两天的复杂运算，穷尽了几乎所有可能性之后也没能找到任何其他解读。所以，恐怕没人会相信她的否认，这个选项十分不可行。

我看了新闻发布会。

我认为一贯爽朗明快的朗杜女士在那一刻产生了极大的犹豫——大概三四秒钟的沉默。这对于新闻发布会而言，简直像一个世纪那么漫长，如果沉默的时间再长一点，她可能就要被人怀疑患有老年痴呆症了。

马后炮地看，朗杜女士应该选择被人怀疑为老年痴呆症，尽管不在正常的选择列表中，但那才是唯一正确的选择。

终于，朗杜女士在略显慌乱的情况下做出了错误的选择：自己认为伊瓜多是个坏人。

第二天她便被杀了。

也许她根本就是因为害怕被杀而选择了如此一个选项，毕竟认为伊瓜多是个傻子的娜欧米和布尼先生都被杀了……但是，她想错了，终究没有逃过被杀的宿命。

支持伊瓜多傻的人已经被杀了两位，支持伊瓜多坏的人也该有人被杀了，有人这么说。我很同意，因为我看到，"傻派"的民众早已由于娜欧米和布尼先生的死而义愤填膺了。

为什么支持伊瓜多傻就要被杀？这不公平。

任何人，哪怕是专家，哪怕是科学家，哪怕是政治家……随便什么人吧……在这样极度扭曲的压力之下，还有勇气探索并坚持客观的结论吗？

显然有人认为，必须制造出公平的氛围：无论支持伊瓜多傻还是支持伊瓜多坏，都有可能被杀。是的，只有如此，才能体现出一样的压力、一样的风险、一样的边际成本，才能让专家们摈弃外界的影响、遵从自己的本心、遵从理性、客观、中立的态度。不能不说，朗杜女士被杀的原因，在逻辑上是成立的。

这次，凶手并没有被警察抓到，而是被当街格杀了。

这位凶手曾经是镜像人探索镜像宇宙过程中的宇宙警察，接受过专业训练，身手了得，杀人过程策划得很精当，从杀人现场顺利逃脱，只是没能逃脱监控系统。

杀人过程的监控影像被公布，凶手在镜像世界中大多数地方被通缉——少数国家不愿加入通缉的行列，因为他们不认为这次杀人行为能够被确认。虽然监控影像很清晰地记录了杀人行为的始末，其他国家都视之为证据，但这些国家认为，监控影像属于隐私范畴，不能作为证据使用——没办法，他们的法律就是这么规定的——所以，没有证据能够证明这位曾经的宇宙警察杀了人。

出动的不仅仅是警察，还有坏派激进分子，而且人数更多。

如果仅仅是警察在追捕，也许这家伙就逃脱了，因为他已经进入了那些不认为隐私资料可以作为犯罪证据的国家——这是他早已设计好的终极逃脱之策，不然他可能会更重视监控系统的问题，不会留下自己的踪迹，尽管那样会加大杀人的难度。

可是，坏派激进分子不管什么隐私不隐私，证据不证据，他们也进入了那些尊重隐私的国家，展开了大规模搜捕。并且，由于他们的隐私同样得到了充分的尊重，使他们的追杀行动更加顺利，虽说找到凶手不易，但至少自身是隐秘而安全的。

坏派激进分子倒不是要为朗杜女士报仇，而是为了告诉傻派，采用暴力手段胁迫谈判小组是不可接受的。为此，尽管他们的行踪很隐秘，却公开发表声明，宣称自己将会追杀凶手。

傻派激进分子也没有缺席。他们认为，坏派激进分子用暴力手段胁迫傻派停止暴力手段的胁迫是不可接受的。所以，他们同样公开发表了声明，宣称准备用暴力手段除掉这些坏派激进分子，以阻止对方的暴力手段。

上面这段话有点绕，其思想本来就复杂而艰深，需要一定理解能力才能理解。当时，我也是想了一会儿才搞明白。

可惜，傻派激进分子慢了一步，没来得及阻止坏派激进分子。

这必须要感谢那些国家的隐私保护政策——凶手真不应该逃到那里——傻派激进分子很难追踪到坏派激进分子，而坏派激进分子尽管同样面临困难，却鬼使神差地追踪到了凶手，他们在运气方面占据了上风，得以在对方的暴力手段实施之前完成了自己的暴力手段，杀掉了凶手，成功实施了以自己的暴力手段胁迫对方停止暴力手段的行动。

可惜，效果却不理想，没有达到目的。

以暴制暴，这个信息立刻传遍了整个镜像世界，激怒了很多人。于是，傻派大规模行动起来。紧接着，为了对抗傻派的大规模行动，坏派也大规模行动起来。

两派的行动在各自内部并不完全一致，局面相当混乱。

前面讲过，无论是傻派还是坏派，其中又都细分出很多不同派别，傻傻派和傻坏派，坏傻派和坏坏派，以至于坏坏坏派……理念不同，目标不同，行动自然也不同。所以，想要统一行动非常困难，甚至于完全不可能，各行其是成为主流。

原本各地都有一些游行示威之类的事，有的三五十人，有的三五十万人，举着"傻子就是傻子""坏蛋就是坏蛋""傻子不是坏蛋""坏蛋不是傻子"之类的牌子招摇过市、上蹿下跳，不过大体还算和平，最多互相谩骂或者推推搡搡而已。但是现在，和平逝去，战争开始了。

从游行中的斗殴到策划好的袭击，从个体的暴躁到群体的失控，从民间的情绪到政府的立场。各国政府开始……或者说不得不……公开表达立场，不再仅仅通过自己在联合政府中的代表发挥影响。我能理解他们，他们也有压力，压力很大。当他们无法控制，至少是无法引导自己的民众时，他们只好被动地成为自己民众的领袖，好像他们原本就和自己的民众想得一样似的，其实未必。

这些天，我几乎将所有时间都用于观察米利托星，加班加得昏天黑地——经过我老板的提醒和批评，没有再申请领取加班费——只能靠药物维持我的精力。即使如此，也仅是"几乎"而已，我不可能做到真正的全天候观察。我提到过，镜像宇宙的时钟和 BH521 宇宙的时钟相同，但 BH521 宇宙的时钟比地球宇宙的时钟快不少，因此，我经常难以避免地漏过一些什么，只能很勉强地大致跟上事件进程。可是，恰恰在如此一个时间就像金子一般宝贵的时刻，公司派出的跨越了几十万光年距离来跟我谈话的督察委员却抵达了。我不得不花费三个多小时的时间跟他扯淡，同时我不敢在我离开工作岗位的时候调慢 BH521 宇宙的时钟，那很容易被人发现，于是我错过了镜像世界中最大的历史转折点：全面战争爆发了。

尽管地球人已经走向了宇宙深处，建设了如此多的戴森球，钻石早已不再宝贵，地外行星上有很多钻石矿，但金子却依旧宝贵，没发现什么巨大的金矿——时间也是一样，不会因为你走向宇宙或当了上帝便多了出来，对我而言真是个不幸的消息。

那是镜像世界中从未有过甚至镜像人从未想过的全面战争，镜像世界之所以存在，本就是想要竭力避免这种情形。如果早知道有战争，在米利托星地表开打便好，何苦一定要到镜像中开打。

我从督察委员那里回来以后，立刻在系统中调阅过去的影像进行仔细的查看，试图找出导致战争爆发的冲突升级路径。但是很难，头绪太多，线索太多，思想太多，论调太多，阴谋太多，行动也太多……我头晕脑胀，而且这样做导致我又错过了新的事件发展。

我很快决定，过去的事就让它过去吧，反正结论很清晰，战争爆发了，管它是为什么爆发的呢？我看，镜像人中没有谁还在关心战争是为什么爆发的，也许根本已经忘记了。他们更在意的是眼前发生的大大小小的战斗，以及由这些战斗中的不堪忍睹的惨剧所引发的新的仇恨。

我应该向镜像人学习，不能沉溺于无意义的过去，而需要关注现在和未来。

17

那三个多小时，在督察委员那里浪费的三个多小时，恐怕对督察委员来说并不重要，尽管他被惊动而不辞辛苦来到这里，却只是例行公事地处理一位员工的疑似违规事件；对我来说也不重要，只是一如既往应付上司繁琐而无聊的调查。但是，对某些 328 号人来说却并非如此。

反映到 328 号系统 BH521 宇宙中，三个多小时变成了很多个日子。在这些日子里，不仅米利托镜像的世界中爆发了战争，和米利托星对峙的卡维尔舰队中也发生了哗变。

哗变没有成功。斯卡西将军德高望重，尽管费了一番周折，最终还是平定了哗变。

平定哗变之后，斯卡西将军处决了卢卡少校。

就像对米利托镜像中战争爆发过程的缺乏了解一样，我对于卡维尔舰队的哗变以及平定哗变的过程也缺乏了解。当然，卡维尔舰队规模有限，不像米利托镜像那么庞大，无非几万人而已，如果我愿意，完全可以翻找一下之前的影像记录，耐心一点，应该不难捋清哗变的发展过程。

不过，我不知道这么做有什么意义。

我已经面对屏幕坐下，打开了对应的文件夹，点击任何一个文件都会调起一个搜索程序，可以智能地搜索我所需要的视频——系统认为我所需要的视频——好让我了解到自己错过的细节。

过去的经验表明，搜索程序总是能够洞察我内心深处那些我自己都未能意识到的隐秘的好奇，或者其他某种深藏的冲动，自动翻检出我根本预料不到的内容，从而让我大吃一惊，却又隐隐感到酸爽。就这样，在让我了解到更多事件细节的同时，也了解到自己肮脏的欲望——不能不说，我很佩服写出搜索程序的那帮程序员，他们对人性的阴暗面了如指掌。

但是，我却发起了呆……五分钟之后，我关闭了文件夹，选择让卡维尔舰队的哗变过程像米利托镜像的战争爆发过程一样，成为我认知中的黑洞。

我想，我一定是在恐惧什么。

我对了解哗变的意义缺乏认识，而对了解自己的欲望则充满了忌惮。除此以外，一定还有更多让我恐惧的地方，来自我内心某处看不见的深渊。当我发呆的时候，脑子里掠过了一些杂乱的影像，没有什么逻辑，又似乎充满深意。比如摔碎的杯子、颤抖的手、歇斯底里的面容、被猫咬在嘴中却还在挣扎的鸟——事实上，我从来没有见过被猫咬在嘴中的鸟，不知道那些鸟是否会挣扎，又会如何挣扎，我们这里既没有猫也没有鸟，米利托星地表也没看到，镜像中应该有，其他星球也有，但我没注意，我认为至少它们没有凑成一个咬住另一个的样子出现在我面前，所以，全是我的想象而已——最终，所有的影像都会以一双愤怒的眼睛结束，有人被激怒了。

总归是有些人被激怒了吧，哗变就发生了。不用去查看影像了，无非如此而已。

不仅在卡维尔舰队中，即使在米利托镜像中，情况恶化的过程也无非如此。到处都一样，很难让人相信会有什么区别。人们总是会愤怒，为了各种行为，为了各种话语，合情合理。也许让我恐惧的东西正是我心中的愤怒。我不认为自己需要对愤怒的感受拥有那么多知识，或者说，我拥有的关于愤怒的感受和知识已经足够多了，再多一点没有什么好处。

我决定还是……面向未来。

尽管这次斯卡西将军果断地处决了卢卡少校，但问题并没有彻底解决。支持卢卡少校的人很多，参与哗变的人也很多，斯卡西将军不可能处决所有人。

哗变失败了，哗变者被捕了，斯卡西将军将哗变者暂时集中在一艘战舰上关押，苦苦思索应该如何处理这些人，却找不到好的处理办法，即使有些想法也找不到共识。舰队中的胜利者虽然胜利了，但依旧有烦恼，产生了新的分歧。

军法如山，哗变者没有任何可以被原谅的理由。但是，他们的哗变并非为了投敌或逃跑，而是为了战斗，勇敢的进攻，激烈的战斗，无畏的牺牲……况且，无论如何，接下来还有战斗，还需要勇士，这一点是肯定的。虽说斯卡西将军很谨慎，可迟早总要进攻米利托星，为了舰队的未来不得不如此。

哗变者的不同只是战略战术上的不同，不是吗？那么，此时此刻，自伤战斗力，自伤那部分最渴望战斗、最无惧于战斗的勇士，对于舰队是不是一个明智的选择？以斯卡西将军自从流落到这个宇宙边缘的星球以后已经被摧毁的意志而言，他肯定会怀疑自己，并且这种怀疑会持续扩大，持续漫延，吞噬他的内心，在他已经被摧毁的意志之上再狠狠地踩上一脚。

哗变者大概占了整个舰队人数的八分之一。但所有人都很清楚，至少还有另外八分之一以至四分之一是其同情者，只是一时犹豫没有参与哗变，甚至仅仅是由于和主要的哗变者不熟悉而没有被叫上，并因此感到懊恼不已……这些人依旧是潜在的危险。这样加起来，真正的哗变者和心理层面的哗变者其实占据了整个舰队人数的四分之一，也许更多……甚至是接近一半……谁都搞不清这个数字，斯卡西将军不清楚，我这个上帝般的系统管理员也不清楚。如此一个关键的因素搞不清楚，对于如何处理哗变者，无疑带来了更大更多的困难。

现在，剩下的舰队官兵也不再团结。

要不要以某种形式惩罚那些哗变者以明正典刑？支持和反对的意见旗鼓相当，产生了严重的对立。

如果是在往常，哗变者一定会得到惩罚。当然，除了卢卡少校这样的首恶有可能被处决——也只是有可能而已，其他人就不太可能被处决，对卡维尔人来说太残酷。他们会被军事法庭审判，根据在哗变中的具体表现被定罪，可能坐牢，也可能只是开除军籍……但是，眼下却做不到。

所有惩罚的施行都需要一个前提：存在一个社会，非军人的社会，来审判和接纳这些被惩罚者。审判需要军事法庭，需要检察官、法官和律师……就算事急从权省略审判过程，也没什么大用。除非处决，否则坐牢需要存在足够大的监狱，开除军籍则需要存在可以撵他们去的目的地……而现在，没有那样一个社会存在，那个社会离这里实在太遥远，回不去了，很可能永远回不去了。如果能回去，也便不存在眼前这些烦人的问题了。

无论任何问题，都只能在舰队内部就地解决。

永远关押哗变者吗？不但需要腾出很多符合人道主义标准的监房，而且需要大量看管人员……还不如杀了他们。

或者，释放哗变者吗？释放了他们，他们也没地方可去，只能继续待在舰队中。果真如此，谁能保证他们不会再闹出新的乱子？如果有下一次哗变，他们可以叫上那些上次因为没被叫上而倍感懊恼的同情者了。

似乎没什么好办法。

这时，有人提出了第三种选项：给哗变者一艘战舰，将他们流放——整个舰队八分之一的官兵只获得一艘战舰，在宇宙中撑不了多久，和杀了他们差不多，可至少没有人亲自动手杀他们。

流放的选项获得了一小部分人的支持，但是，更多的人却愤怒了，非常愤怒。

这种思路有多么虚伪、有多么无耻是显而易见的，还不如堂堂正正地把所有哗变者直接杀了，至少可以说他们罪有应得。反正都是死，直接杀掉他们没有多出多少残酷，却少了很多虚伪和无耻。可以预见，那么多人在一艘战舰中，为了生存下去，他们将很快火并，而火并胜利其实没什么用，最终还是死……比起刻意把人们逼上火并的绝路，很少有什么事能够更加无耻了。何况，要对付的这些人可是昨日的同袍，仅仅因为过于旺盛的进取心，就在一夜之间变得要被别人下这样的黑手……不能不说，出这主意的人一定是十足的坏蛋，其肮脏的内心比哗变者可恶多了。

听起来似乎都有些道理，决断是困难的。

那些被关押的哗变者还在等着答案。那么多人被关押在区区一艘战舰中，没有足够的舱室让他们安睡。他们只能站着、坐着、蹲着，仅有少数人能躺在床上，可能是通过斗殴获得的特权……这种不人道的安排引起了很多人的不满，包括没有参加哗变的官兵，又给斯卡西将军增加了时间方面的压力。

有人意识到，在这些讨论中，"那还不如杀了他们"的论调出现了两次，甚至更多次。既然如此，杀掉所有哗变者完全可以真的作为一个选项。于是，这个选项被某位军官正式提出。

这位军官显然很不谨慎，过于冲动，比卢卡少校强不了多少。他的选项一经提出，立刻引起了轩然大波。

这不是惩罚，而是屠杀。

有人想要屠杀自己的战友……卢卡少校作为首恶付出了代价，竟然还有人不能满足，想要拉上所有人殉葬……尽管已经安排了会议，但这位军官的提议尚未来得及上会讨论，他本人就在一场斗殴中被打掉了下巴，眼睛肿了，还有两根肋骨被打断，脚踝也受了伤，住进了舰队医务室。

既然提议人无法与会，讨论这个选项的会议便没有召开。

斯卡西将军发现，哗变之前的问题其实很简单，而哗变之后的问题变得复杂多了。

哗变之前，无非就是谨慎还是冒险的区别，官兵分为了谨慎派和冒险派。但无论是哪一派，大家都觉得这种区别只是一个战略判断的差异，是能力问题。哪怕说得更加严重一些，也无非是胆怯还是莽撞的勇气问题。

胆怯或者莽撞不是什么好听的词，可尚不至于让人勃然大怒、以命相搏。即使哗变发生，双方也都没有照死里去打，只是争个胜负罢了。整个哗变过程中，有很多人受伤，但除了卢卡少校以外没有人死亡，就很说明问题。

现在，哗变之后，基于如何处理哗变者，官兵分为了惩罚派和宽恕派，惩罚和宽恕都有多种选项，他们又进一步细分为更多的派别。问题不在于选项有多少，而在于这些选项所代表的不再是能力或勇气问题，却是道德选择和人性选择的问题。

于是，关于具体问题的分歧，由此上升到了世界观、人生观和价值观的分歧。这些分歧可就不是那么简单了，不仅仅限于争个胜负的范畴，完全值得以命相搏。

的确，听听这些词吧，无耻、虚伪、残酷、屠杀……仅仅惩罚和宽恕这样两个词，感情色彩就太过浓厚，显然比谨慎和冒险这样的中性词更容易挑动人们的情绪。事实上，人们的情绪已经勃然升腾、喷薄欲出了。

斯卡西将军还没有做出他的选择。

时间压力越来越大。

看起来，对卢卡少校的处决早已榨干了斯卡西将军剩下的最后一点决心。他很久没有好好睡觉了，能睡着的时间从半个小时缩短为十分钟。而且他又不喝矿泉水了，重新开始喝那种淡蓝色的透明液体，尽管没什么用。

我很紧张，希望看到又害怕看到，如果谨慎和冒险的区别可以导致哗变，那么惩罚和宽恕的区别，无耻、虚伪、残酷、屠杀等等词语和它们的反义词之间的区别，又会导致什么呢？

我可能会看到一支军队的彻底崩溃。

我预计他们会大打出手，一团混乱，连谁在打谁都搞不清楚。

一支军队，一支宇宙远征军，怎么会混乱成这个样子呢？正常情况下，这是难以想象的。但是，现在就是不正常的情况，他们所经历的就是没人经历过的诡异旅程。

这支悲催的军队，正在虫洞中穿越本来难以穿越的光年距离，赶赴一个准备就绪的任务，满怀着勇气、信心和憧憬，虫洞却忽然失效了……他们来到一片从未预想过的绝地。

幸运的是，他们有绝地求生的机会；不幸的是，他们竟然看到了不同的选择。

"有选择"这件事，确实给了人们希望，但也可能让人们产生对立。如果没有选择，便不会产生对立了。对立之后，就会接着产生责难、愤怒、鄙视、仇恨……我认为，我没有足够的想象力将这些可能产生的负面情绪一一列出。

我能理解他们，他们只是压力太大了。

可怜的卡维尔人……不过，至少有我能理解他们。

我的压力也很大，督察委员却不理解我，我的老板同样不理解我，我的同事……唉，不说他们了……总之，没人理解我。从这点上来说，我还不如卡维尔人。

18/

　　我去见督察委员的时候，他坐在那里打量我，像打量一个病人。我也打量他，发现他是一个长相很周正的人，穿着也得体，脸色却很不好，再加上皱着眉，搞出了一副很辛苦的样子……我不确定他是否真的很辛苦，毕竟他们都是一些高高在上的人，不像我，工作在公司最底层的岗位，一天一天看着屏幕，当系统人的上帝……没有希望，也缺乏意义。

　　这个房间是一个冰冷得让人颤栗的房间……倒不是说温度，而是说意象……除了一张桌子、两把椅子以外什么都没有。墙壁是铁灰色的，没有窗户，只有一扇门，还是一扇看不到的门，没有一丝一毫的门缝能够把门和墙壁分割开来，知道那扇门存在的人才能去打开那扇门，不知道那扇门存在的人会觉得自己被封闭在一个完全密不透风的空间，像一个蛋壳，不过是方形的蛋壳。

　　督察委员当然是来批评我的，而我已经决定友好地应付，应付过去就行了。尽管我对这些高高在上的人一贯有看法，但我不准备太较真，不准备把事情复杂化，不准备把事情搞大，免得我丢了饭碗——这是有可能的。

所以，寒暄结束，没等他正式开口提问题，我就主动开始解释：我没有共情伊瓜多，我只是好奇而已，不小心多看了几眼。

比如……比如……比如……我举了好几个例子，全是真实的例子，以证明我在看到伊瓜多的时候心情是多么平静，是多么无所谓，是怎样的一种冷酷的旁观者心态，对，冷酷的旁观者心态，一点情感代入都没有，冷酷，只有冷酷。

我转头扫视房间，想拿这个房间举例子：我对伊瓜多的态度就像这个房间一样冷酷，甚至更加冷酷。

但我犹豫了一下，想起328号戴森球中相同房间很多，一点也不少见。如果我了解得没错，这种房间在所有戴森球中都是标配，是一种在戴森球附近行星的前进基地制造的标准化的预制件，别看表象简单，其实内里很复杂，通风、通讯、照明、电力、传感器、上下水什么的——以此为例似乎太普通，隐含的成分又太多，不足以表达一种格外的冷酷感。于是，我便没有说出口。

"你怎么会觉得自己冷酷呢？"他问。

这是什么问题？我迟疑了，一时不知该怎么回答。

"如果你真的冷酷，就不会觉得自己冷酷了，不是吗？"他又问，脸上竟然带着微笑。

见鬼，我想了一会儿他话中的逻辑。毫无疑问，其中存在某种语义学上的陷阱。

"你觉得自己冷酷，也许正是因为你的共情太多了。"他做出了一个不那么正式的结论。

我忽然愤怒了，一下子从座位上站了起来，像被抓住了尾巴的……某种动物，我一时想不好是什么动物……开始撕咬……不，开始某种动作，我也想不好是什么动作……我想起了米利托镜像的战争，想起了卡维尔舰队的哗变，那些人总在曲解别人，强行给别人贴上标签，眼前这位也不例外，是个盯着鸡蛋找骨头的家伙，是个阴险卑鄙的小人，是个彻头彻尾的混蛋……简而言之，这个督察委员太坏了，脸庞长得周正并不能改变他坏的本质，不是吗？

他们都是那种生物，心理阴暗而思维狡诈，善于在暗处偷窥，善于在密道窃听，善于从垃圾桶里发现蛛丝马迹，善于从行为和话语中抓住漏洞，善于运用诡异的逻辑，善于推导奇怪的结论——他们所满心希望的那种结论，尽管根本不是事实。

"你只相信你愿意相信的事……"他说。

"你能不能换个角度理解……"他说。

"你如果平静下来……"他说。

"这样，我们……"他说。

"嗨，我说……"他说。

这些话是他的插话，他奋力把话插进来，却都没说完。

一段时间内，我说了很多，站着或者坐着。因为起立坐下的动作太多，我的腰部感觉有些不适。我的工作需要久坐，锻炼得又太少，难免身体不好。

他插了几句话，没有成功，而我自己说的话我也不记得了。

总之，他充满了偏见，不用开口我就知道他要说什么。我开始反击，至少是保卫自己。我不能任由别人把我打扮成他们想要的样子，然后说是我本来便是那个样子。

虽然我不太记得自己具体说了些什么，但我认为，我总能在他的偏见抛出之前，就预先洞察并及时击碎这些偏见，以至于这些话语总有一大半停留在他的胸中，没能化作声音飘散出去。这对他是有好处的。回头等他冷静下来，一定会感谢我的帮助，帮助他保护了自己的形象，确保他没有在情绪失控中变成一个无赖，确保他没有说出有失身份的话。

他不一定被我说服了，但至少被我压制了。

除了最早那会儿做出的那些毫无意义的挣扎，那些被我无情地掐死在襁褓之中的挣扎，其后两个多小时的时间，他就基本上没怎么说话了，而是在花时间努力理解我所传递的信息——这已经够他忙活的了。

其实我传递的信息并不复杂……我没有共情伊瓜多，如此而已……但对于一个像他这样充满偏见的人来说，由于一种固化的思维模式，大脑中遍布逻辑的误区和陷阱，理解起来就有相当的困难，不得不格外努力。

当然，我会给他留下足够的思考时间，并反复讲述同一个道理，以求能够让他获得最清晰、最深入、最有条理、最没有歧义的理解。我不确定我美好而纯粹的愿望有没有变成现实，可我觉得我尽力了，我问心无愧。

天哪，我没有共情伊瓜多，这么简单的一件事，就这么难以说清楚吗？

后来，我说得累了，他才获得了一些说话的机会。

我总是乐意听到别人的话语，总是乐意给别人留下机会。

奇怪的是，机会就摆在眼前的时候，督察委员却似乎失去了说服我的信心，或者失去了说服我的勇气，他不再试图证明我是共情伊瓜多的，当然也便不存在让我不要共情伊瓜多的问题了。他转而开始叙述某些现实中的客观或不客观的情况——我是这么认为的，可我不太确定他为什么这样做。

"按说，你的问题应该已经被处理了。"他说。

我的问题，好吧，我的问题。

"可是现在情况很复杂。不知为什么，很多不该流传出去的信息流传了出去，关于你，也关于伊瓜多。"他看着我，仿佛信息是我流传出去的。

嗯，嗯，要不然你也不会来，是这个意思吗？

"各种说法都有，各种看法都有，公司传统的处理方式面临很大的舆论压力。有人提出了新的处理方式，但面临的舆论压力同样巨大。"他接着说，一边沉吟着，似乎还苦笑了一下……一般人难以觉察，只有我这种感官敏锐的人才能发现。

我耸耸眉，对他的压力表示遗憾，不知道他注意到没有。我想暗示他，这是他的事，我也没办法。

"公司不能无视你的行为，简单地放过你，那会给其他系统管理员立下错误的标杆，让戴森世界陷入失控的危险。但公司也不能惩罚你，因为现在你已经被某些人定义为戴森世界剩下的最后一个依旧拥有人性的人类。"他似乎很遗憾，同时又很无奈，这次很明显地摇了摇头。

我抽动了两下嘴角，表示对这种说法很陌生。

事实上，我的确对这种说法很陌生，从没有人对我说过我是一个有人性的人类。当然我是有人性的，甚至是富于人性的，但没人对我这么说过，更不要提什么戴森世界剩下的最后一个依旧拥有人性的人类……这个说法有点意思……可惜，除了我的老板和眼前这位督察委员，好久没有人和我面对面地说过话了，更没人当面对我说过这么好听的话。

他说不能放过我，这句话不太友好……怎么着不放过我呢？我是不是快要失去我的工作了？可他又说公司不能这么做……也许我低劣的智商再次发挥了作用，我感到了迷惑。

"不过你要知道，公司迟早会解决这个问题。作为系统管理员，必须做该做的事，不能做不该做的事。其实，每个岗位都一样，否则，这个世界就乱套了。你觉得呢？"他用问句的方式传递了某种决心，公司的决心。

我点点头，表示理解他的话。但我马上后悔了，觉得自己的表态不准确，动作和表情也有点多……说不定传递出了某些我并不想传递的信息，从而引起某些误解。

误解已经足够多了，我不该纵容更多的误解。

我想找补一句，但不知该怎么找补。

我想了想他刚才这句话，似乎说得对，至少是表面上对，虽然暗地里不怀好意——他们这些人便是如此，总说一些让人不舒服却又很难被抓住把柄的话，我就不一样，没有一丝一毫的恶意，却总是被人抓住把柄。

他念念叨叨颇有一会儿，我脑子里有此起彼伏的想法，但竟然没能插话。我几次想要打断他，重新阐述一下我的看法。我觉得他没有充分理解我之前说过的话，有必要再次强调其中某些内容。不过，每次我一露出要讲话的样子，他的双手就使劲地摇摆，在那副周正的脸庞前面摇摆，让那副脸庞好像躲在一片被风吹得忽忽闪闪的竖版百叶窗背后，光影晃动，明暗交错，产生一种若隐若现的效果，而他摇摆的双手则仿佛一个在水中将要溺死的人举在空中的双手，仓促、混乱却又充满了无力感。

绝望地挣扎……我体会到了他的绝望。

这种绝望把我搞得犹豫了，嘴张不开。显然，我太心软了。他便抓住了这个稍纵即逝的机会，完成了冗长的念念叨叨。

他的话我都听到了，可那些词句仿佛轻风，就是那种经常被人提到的所谓耳旁风，没能在我心中引起涟漪……但是，我的动作和表情确实有点多，说不定在他的心中引起了涟漪，让他误以为我有所反应，甚至被触动了内心……我颇感后悔。但这也没办法，我就是这样，习惯很不好，和人说话的时候动作和表情有点多，我想改却一直改不了。

谈话结束了。

我回到了控制室，开始研究自己离开的这三个多小时中在米利托星、米利托镜像以及卡维尔舰队中到底发生了什么。当然，前面提到过，很快我就放弃了。

最后一个依旧拥有人性的人类……呵呵，真好笑……伊瓜多不是人类吗？米利托镜像中有多少人类？328 号系统中有多少人类？整个戴森世界所有系统中有多少人类？

公司迟早会解决这个问题的……呵呵，更好笑……有问题需要解决吗？什么问题需要解决？

我没有共情伊瓜多，没有。

19/

　　和镜像人相比，和卡维尔人相比，以至和我相比，伊瓜多的生活是最惬意的，吃吃喝喝，玩玩游戏——和卡维尔人战斗对他来说就是游戏，最近我更加确认这一点，他的战斗是那么流畅自如，甚至有些写意——尤其是作为一个傻子而言——尽管并不高明，但绝不紧张，比我和督察委员的谈话要容易得多——总之，他根本不需要我共情。我们两个人当中，如果非要找一个人被共情，应该是我更需要被共情。

　　不过，最近伊瓜多有点失落。这些天，每天他都按照约定时刻打开通讯信道，坐在控制台前看着屏幕，想要和镜像人沟通，卡维尔狗陪着他。却没有镜像人和他沟通。他每天静静地坐很久，和以前有人沟通的时候坐的时间差不多长，有时还喃喃自语，仿佛在和某人沟通。然后到了时间才会关掉信道，去吃喝或者去游戏。

　　我猜测，伊瓜多一直在等娜欧米，那个他从小看着一起长大的女孩。

他依旧不知道娜欧米已经死了。他太傻了，所有人都知道的事他竟然不知道。关键是，他还拥有上帝一般的位置，拥有无所不知的视角，但他却不知利用。

那个满头长发的姑娘，那个安安静静读书的姑娘，那个听着洋溢着青春气息的歌曲的姑娘，那个相信他是个傻子的姑娘，如今不存在了，他再也等不到了。

他有时还哼那支歌。

> ……，
> ……梦。
> ……梦……，
> ……梦……，
> ……梦……，
> ……，
> ……，……。
> ……，
> ……。

他只记得四个"梦"字了，不得不用更多的"嗯嗯嗯"来代替歌词中其他的词语。调子也更加不靠谱，如果不是我事先知道，绝听不出他在哼什么歌。

是的，他不可能再等到娜欧米。不过，他也许只是在等而已，等得到等不到并不重要。

镜像人在打仗，打得还很激烈。傻派，坏派，傻傻派，傻坏派，坏傻派，坏坏派……在战略上，以及在战术上，他们都进行了复杂的合纵连横。所以，现在的情形比起之前虽然吵闹但大致和平的时期，变得更加复杂了。

我尝试去研究，却实在弄不清楚。他们之间到底谁和谁在合作？而谁和谁又翻脸了？一天三变，我很糊涂，一脑袋浆糊。

我只知道，仗打得很厉害，局势每天都在变化。

其中，我最糊涂的一件事，竟然没有镜像人和伊瓜多继续沟通了，让伊瓜多不得不每天一个人对着屏幕呆坐……可怜的伊瓜多……等不到娜欧米也就算了，怎么能让他等不到任何一个人呢？他的脑中一定满是疑惑。

我研究了一下没有人和伊瓜多沟通的原因，发现也不复杂，可我很难接受，甚至感到气愤。

娜欧米被杀有一段日子了，但娜欧米家依旧是谈判现场。这里是属于傻傻派的地盘，不过此处的傻傻派和其他地方的傻傻派不尽相同，他们持有一个新的观点。

他们的观点是，尽管伊瓜多是傻而不是坏，可是从客观角度看，今天镜像世界中的一切问题，本质上都是由于伊瓜多这个傻子的出现而造成的。也就是说，伊瓜多的出现带来了灾难，他需要为今天的局面负责。眼前，必须暂时停止和这个罪魁祸首的沟通，否则，问题只会越来越多，越来越大。

为了区分于其他傻傻派，他们被其他派别称为"傻罪派"：伊瓜多是傻，并不坏，却是有罪的。

对了，我需要交代一下。"傻罪派"本来叫"傻傻罪派"。但其中第二个"傻"字是指娜欧米，娜欧米却已经死了——当然，也可能被地表宇宙派捞到地表去了，总之不在镜像中了——讨论她不再有任何意义。事实上，大家也只有在回顾历史的时候才会提起娜欧米。所以"傻傻罪派"逐渐被简化成"傻罪派"，节省了一个字。

可是，这种节省不但没有使命名体系变得容易理解，反而更加难以理解，至少对我来说是如此。

为了节省字数而改名的情形很普遍，娜欧米就这样在历史的长河中逐渐被淡忘，只是经过了三两个浪花的冲刷，便怅然地消失不见，没有留下任何痕迹。

卡维尔人近在咫尺，镜像将要毁灭了。客观地说，伊瓜多是镜像人唯一的希望所在。现在竟然有人叫嚣，是伊瓜多给镜像人带来了灾难，伊瓜多需要为今天的局面负责，伊瓜多是罪魁祸首……我当然很气愤。

气愤的不止我一个人，附近就有另外一拨镜像人，同样很气愤。他们也属于傻傻派，但反对伊瓜多有罪的说法。他们认为，镜像人的灾难完全是自己造成的，反而应该倒过来想，解决灾难的唯一方法是继续和伊瓜多沟通……因此，他们在攻打这里的傻罪派，试图抢占和伊瓜多的沟通权。

不过，这伙人攻打傻罪派不仅仅是为了抢夺和伊瓜多的沟通权，也源于一种价值观的剧烈冲突。他们不仅认为伊瓜多无罪，而且认为伊瓜多有功。

他们的观点是，整件事的发展过程充分体现出镜像人内心中具有某种深刻的劣根性，镜像人自己未能发觉，而伊瓜多的出现却帮助镜像人将这种劣根性展示无遗，让每个人都看在眼里，对于镜像人的自身提升，对于镜像社会的长远发展，无疑是有益的。

伊瓜多立了功，立了大功……他们为此在自己的地盘上为伊瓜多竖立了一尊高大的雕像，石头雕像，竖立起来颇费了些功夫，以便纪念伊瓜多为镜像人立下的不世之功。

他们被称为"傻功派"：伊瓜多傻，不坏，无罪，有功。

当然，同样的道理，他们原来的名字是"傻傻功派"，现在也改名了，顾不上对娜欧米的评价了。

迄今为止，伊瓜多始终没有学会调整默认摄像头的角度或者切换其他摄像头，从未能将更多的影像传输给镜像人看，更没有学会联系镜像中除了娜欧米家之外的其他地点的其他人——其实以前他是会的，第一次和娜欧米说话就不是在娜欧米家里，但时间过去太久了，他应该是早已忘记了——所以，他只能傻傻地等着，无法主动联系其他镜像人。

伊瓜多没有联系任何其他镜像人——这种情形很快引起了某些镜像人的注意。

之前都是约好在娜欧米家的客厅进行对话，伊瓜多没有通过其他渠道进行联络也算不上奇怪。但如今，傻罪派拒绝和他对话，而他就真的消失了，竟然没有联系任何其他镜像人……关于这种现象，有很多新的观点涌现。

比如伊瓜多确实傻，比如伊瓜多确实坏，比如伊瓜多其实联系了其他人但那个被联系的人坏……等等。

这些观点不出意外让局势变得进一步混乱，战斗更加激烈，派别的命名也更加复杂。

无论什么原因，战争一旦开打，战场上的情形都差不多。

328 号系统最不缺的就是战争，否则多维空间管理以至虫洞那么好的功能不会被关闭。作为 328 号系统的系统管理员之一，和其他系统管理员一样，我最不感兴趣的也就是战争。天天观察战争，观察得太多难免麻木无趣。

所以，当镜像人打得乱七八糟的时候，我并没有去观察。

这时候，卡维尔舰队也已经如我所料，内讧升级。

斯卡西将军因为他的多疑无断逐渐失去声望，难以服众，卢卡少校作为充满勇气的烈士反倒声望日隆……他们打了起来，很快打得乱七八糟。那些哗变者早已被解救出来，也参与了战斗，而且非常勇猛，不再吝于杀人。

无论如何，我同样没有兴趣去观察。

我喜欢观察伊瓜多，对着屏幕中娜欧米家空空如也的客厅而静静等待的伊瓜多。甚至，我宁愿观察伊瓜多和卡维尔狗去小木屋后面吃机器果树的各种果实。

他们吃果子的时候，会发出"吭哧吭哧"的咀嚼声，尽管也不好听，但比伊瓜多的嗓音好听。更奇妙的是，这种咀嚼声总能给我带来一种强烈的幸福感。

说起来，我吃东西的时候可不会发出如此大的声音，实在是很不礼貌。不过，伊瓜多和卡维尔狗不可能知道有人在观察他们，既然无人观察，也就谈不上礼貌不礼貌了。

我静静地等待着，看看会发生什么。

伊瓜多也在等。

很不幸，伊瓜多等来的是一件让他非常伤心的事：卡维尔狗死了，被航天器的残骸砸死的。

卡维尔舰队的情形和米利托镜像的情形有所不同，不全是内斗。有一派官兵坚持卢卡少校曾经的理念，但他们没有选择和坚持其他理念的官兵战斗，而是找了一个机会，操纵着少数战舰勇敢地冲向了米利托星。

一路上，无论情形多么可疑，多么像是有陷阱，他们都没有停下脚步，一直冲了下来。

有理由相信，他们坚定地认为自己能够成功，彻底突破米利托防御系统，战胜米利托人，占领米利托星，为卡维尔舰队的未来开辟一条生路。

可惜，他们想错了。

伊瓜多击溃了这次冲锋，冲锋者全军覆灭。

但是，很多残骸——包括卡维尔战舰的残骸，也包括米利托防御系统中的无人战舰或其他武器的残骸——落进了大气层，就在地狱荒原的上空，这是冲锋者选择的战场。他们从一开始便对这里抱有与众不同的看法，而这种看法确实是正确的。

密密麻麻的残骸落了下来，有一阵子，给我的观感简直像是下冰雹一样。

小木屋拥有的近身防御系统摧毁了冲向小木屋的残骸，形成了一个安全的防御圈。很可惜，不知什么东西吸引了卡维尔狗，那时它恰好冲出了防御圈……于是它被砸成了肉饼，就这样死了。

我说过，卢卡少校的无脑冲锋的战术未必能成功。但是，卡维尔舰队中的激进派和我想的不一样。他们认为，冲锋失败的原因关键是参与冲锋的战舰太少……也可能他们说得对……而战舰太少的原因无疑是保守派的阻挠。

所以，首先要消灭保守派。

战斗更激烈了。

作为狗，卡维尔狗的年龄也差不多该寿终正寝了。现在，尽管死得意外，但不算太冤屈。不过，有件事蹊跷得很。

前一天夜里，熟睡中的伊瓜多被窸窸窣窣的声音惊醒。他睁开眼，发现卡维尔狗从三米距离之外的狗窝爬到了他的床边，正抬着头，在黑暗中看着他，看了好久也没有要离开的意思，直到他又睡着了……卡维尔狗就这么直勾勾地看着伊瓜多……回看影像资料的时候，我真的被卡维尔狗的这种眼神惊着了，仿佛它知道自己天亮之后便会死去。

对死亡这件事，伊瓜多了解得不多。

宇宙派的亲人都死光了，包括爸爸妈妈，但他应该不记得，他最多能记得爷爷的死。爷爷生前，已经预先在屋后为自己的死挖好了一个坟坑，伊瓜多帮了忙，知道怎么挖坟坑。爷爷死后，伊瓜多按照爷爷临终的嘱咐把他的身体拖到了坟坑里，把旁边的土推进去掩埋……现在，他给卡维尔狗挖了个差不多的坟坑，用差不多的方法把卡维尔狗掩埋了，只不过卡维尔狗已经是一团肉饼，血糊拉碴又稀里糊涂，不好下手搬运，难免给伊瓜多添了不少麻烦。

卡维尔狗的坟坑和爷爷的坟坑并排着在一起。当天夜里，伊瓜多没有回小木屋，就躺在两个坟坑中间睡着了。以前，爷爷刚刚去世的时候，他便这样在爷爷的坟坑旁边睡过几夜。那时候卡维尔狗蜷缩在他的身边，依偎着他，和他一起陪伴泥土中的爷爷，给他带来许多温暖。而如今，卡维尔狗自己也躺在泥土之中了。他应该会比那时候感到更加寒冷。尽管气温并不低，气候一直在变热，气温一天比一天高，冬天早已不存在，但他心中应该更加寒冷吧？

他睡得还挺好，竟然打起了呼噜。这也很奇怪，虽说他有很多毛病，但之前并不打呼噜。

第二天和第三天夜里，他还睡在那里，同样打呼噜，慢慢地才逐渐适应卡维尔狗已经死了的现实，回到屋里睡觉。不过，回到屋里以后，他睡觉的时候却继续打呼噜。从此，他就多了这个打呼噜的毛病，而且越来越严重。有时，他会憋到自己，半天没有喘气的声音，然后忽地爆发，一口憋闷已久的气息猛然迸发出来，发出响亮而古怪的爆裂声，像是一个小型爆炸，搞得我这个旁观者吓了一跳——我不太明白这是什么道理，但无论如何，这就变成了事实。

伊瓜多更加孤独了。

每天，伊瓜多定时打开通讯信道，等着有人和他说话，等着不会再出现的娜欧米……他待在屏幕前的时间变得更多。毕竟没有卡维尔狗陪着他玩了。他自己出去乱跑过两三次，但兴致索然，然后就没有再出去玩过了。

自从那次砸死卡维尔狗的冲锋之后，全球防御系统好久没有发出新的警报，暂时不再需要战斗。不过，因为多年养成的习惯，伊瓜多还是经常会去防御系统控制室演习一下。我有一种感觉，慢慢地，伊瓜多对防御系统的操作技术似乎在下降，上次消灭无脑冲锋的战斗可能是他一生之中的巅峰之战。如果真的是这样，米利托星的末日便快要来临了。

说不出为什么我会有这种感觉，尽管缺乏实战验证，可我就是这么感觉。我仔细地想了想，也许是因为我发现伊瓜多的动作比以前僵滞了许多，显得有些迟疑，甚至有些呆板……当然，他的动作本来就谈不上灵动，但好歹流畅自如。如今少了卡维尔狗的陪伴，那份流畅自如正在消失，伊瓜多的手指手臂都像是灌了铅，抬也抬不动似的，语音命令也充满了迟疑。

我能理解，他很伤心，没办法。

对伊瓜多来说，镜像人的表现很奇怪，竟然没有人搭理他，而卡维尔舰队的表现同样很奇怪，竟然停止了攻击，却也没有离开……不知道他们都在干什么。

也许伊瓜多没想这么多，只是我替他感到奇怪。当然，抛开伊瓜多的角度，我很清楚他们都在干什么。

他们在打仗，自己打自己。

镜像人的派别已经数不胜数，反正我数不过来。而卡维尔舰队不遑多让，如果说略微落于下风，只是因为他们人少。

战斗过程我不想讲了，我懒得讲杀人的细节。事实上，我知道得也不多，因为我懒得看。

杀人嘛，就是杀人而已，用左手杀或者用右手杀没有什么区别，用刀杀或者用枪杀也没有什么区别，用漂亮的动作杀或者用丑陋的动作杀同样没有什么区别。有什么好看的呢？又有什么好说的呢？有些人热衷于观察和讲述这些细节，但我兴趣不大。

　　伊瓜多，一个傻子，左肩担着一场战争，右肩担着另一场战争，自己却很安静，孤零零地，坐在一个空荡荡的房间里，透过屏幕，看着另外一个空荡荡的房间。

20

大厅里忽然充满了噪声，到处都是窃窃私语的声音，这很不寻常。一般来说，管理员大厅很安静。即使偶尔不安静的时候，我一般也不怎么抬头，我不关心我周围发生的事，只关心我管理的系统区域。但这次噪声太多了，搞得我的耳朵嗡嗡作响，就像我的耳鸣……也许真的是我的耳鸣？有些时候我确实会耳鸣，我搞不清楚……无论如何，我心烦意乱，不得不抬头观察了一下。

奇怪，似乎所有的系统管理员都参与了某种形式的分组，以小组为单位正在讨论什么。当然，这其中不包括我，我是一个另类。好吧，我得承认，这不奇怪，我一贯是一个另类。奇怪的是，他们所有的分组，在嘴里噼里啪啦地冒着泡泡的同时，眼神却仿佛不约而同瞟向我所在的方向。

是在看我吗？我有什么好看的？

我既不好看，也不难看。

我没有做出真实的动作，却在心里低下头打量自己，今天的穿着有问题吗？不，也许是脸色有问题？我好久没睡觉了，脸色应该是不太好。不，不，即使穿着或者脸色有什么问题，也不至于惊动所有系统管理员，展开如此规模的讨论。我不过就是一个普通的系统管理员罢了，和他们没什么不同。工作业绩还不如他们好，但也不是最差的。最近我没有被升职，但也没有被处分……总之，我没有任何特殊之处。

　　我听到"砰"的一声巨响……大厅的门被人用一种很少见的方式推开了，门扇猛地向后面的墙壁撞了过去，门的阻尼系统好像坏掉了——对，的确是坏掉了，我早就发现了，还打算向后勤部门反映一下呢。但是，我想到总是会有人反映的，而且很可能已经被反映过了，所以便打消了这个念头。看来并没有人反映，或者反映之后并没有效果。门没有被修复，如今遭到了惨剧，门扇重重地砸在了墙壁上，紧接着发生了剧烈的反弹，差点把冲进来的人撞倒——那是我的老板。

　　老板用手胡乱地挡了一下反弹回来的门，显然没有对门生气，但那个样子却实实在在地可以用怒气冲冲来形容。

　　他大步流星地走着，走着，走着……走着……走着……竟然是向我的方向走了过来。

　　老板要跟我说什么吗？难道我对督察委员说了什么不合适的话？或者我……不知道啊，我没干什么呀！

　　我在想却没想明白，可是已经来不及了。

　　老板冲了过来，揪住了我的衣领，我感到一股巨大的力量涌来，从侧面来的力量，着力点最初在我的脖子上，然后通过衣服迅速漫延到整个身体……我被摔了出去。

全身都疼。

我躺在地上，仰望着，看到老板的两个眼睛充满了血……他很生气，很生气，确实很生气。

"你这个王八蛋！"他怒吼着。

我干什么了？我不明白。但实事求是地说，我被他的疯狂吓住了，不知所措，没有说话，没有行动，连爬都没有爬起来。就躺在地上，仰望着他，仿佛在仰望一尊神灵，任由他发火。

"死了八个人，死了八个人，你怎么能这样做？"他的眼睛好像湿润了。

"你为什么要这样做？你一定要这样做吗？"他的声音似乎也变了，掺杂着哭腔，不能算是怒吼了。

"谁让你这么干的？究竟是谁让你这么干的？你一心要毁了我们，毁了328号系统，毁了公司，毁了整个世界，是吗？"他继续说，声音越来越无力。

我依旧没有反应过来，究竟发生了什么？死了八个人？谁死了？怎么死的？

"你以为你制造了舆论，我就不敢对你怎么样？是吗？是吗？"他似乎在问问题，又似乎在陈述一个事实。

"是啊，是啊，我不敢，我不敢，连公司都不敢，连魏可知①都不敢，我又怎么敢呢？你厉害！你厉害！"他一屁股坐在地上，坐在我的身边——

————

① 有关魏可知的更多信息请参阅拙作《云球》。

这个角度不好，我躺着看他不再那么顺畅，不得不费劲地转过身子才能看清他，姿势别扭得很。

"八个人，都是你的同事，你应该认识他们，就这样死了。"他的话语已经变成嘟嘟嚷嚷了。

真是没劲，我一向知道我这位老板是个软弱的人，可没想到软弱成这个样子。气势汹汹地冲进来，把门砸在墙壁上，现在不但门坏了，墙壁也可能坏了，莫名其妙给后勤部门增加了工作量，然后说了没几句话，并没有人回应他，就变成了一个怂包，坐在地上，带着哭腔，像个无助的孩子。

"我没有共情伊瓜多。"我忽然蹦出了一句话。

他看着我，说不清眼神里是什么表情。

如果非要让我说，我猜那眼神里面混合了愤怒、悲伤、恐惧、仇恨……还有自我评价的崩溃、对人生的绝望和对世界的无奈……暂时我就想到这些，但显然不止这些。如果我能查一下字典，我相信能够找到更多的形容词来形容我面前这个可怜的人。说实话，没必要查字典了，全罗列出来也没什么了不起。这些情绪不过尔尔，每个人都会经历，不仅是地球人，包括那些系统人，米利托人或者卡维尔人，都会经历。我的老板的这些情绪，就算在此时此刻无比饱满，不久的将来也必将消失，无声无息地消失，不比任何其他人的类似情绪更加重要，并不值得我格外关注。

作为系统管理员，不管怎样的情绪我都见识得多了，没什么可大惊小怪的。

"伊瓜多……伊瓜多……"他喃喃自语。

这会儿看起来，共情伊瓜多的是他，而不是我。

我忽然想，要是督察委员在场就好了，就可以看到我的老板的可疑状态。或者，我应该把他的话语、他的表情录制下来，我想要启动大脑中的芯片组……没有必要，完全没有必要，这个大厅中有全天候的全息监控，比我的眼睛能够录制下来的影像完整得多。而且是更加可靠的官方影像，下次督察委员再找我谈话，我应该要求调取大厅的监控影像作为证据，我并不比我的老板更容易共情伊瓜多，甚至是远远不如。

"伊瓜多那么重要吗？"他终于嘟囔完了这句话。

我真有点可怜他了。

现在的情形是，他共情伊瓜多，而我共情他。

周围的人停止了窃窃私语。也许他们早就停止了，转而观察老板的表演，只是我没有注意。确实，老板的表演很精彩，我的注意力完全被他抓走，没有理由别人的注意力不被他抓走。

他爬起来，站直身子，似乎恢复了平静。

他转着脑袋环视了一下四周，伸出手指向两个小伙子。

"你，你，过来。"他说，"帮我把这个家伙架到禁闭室去。"他转向我，"你就不要反抗了，我把安保人员叫过来也是一回事，不要浪费你的体力，也不要浪费我的时间。"

两个小伙子走过来把我从地上拽起来，我没有反抗。

"老板，你真的要……"有人在旁边说。

"老板，不好吧？"另一个人说。

"老板，要么你……"再一个人说。

老板没有理睬他们。

两个小伙子拖着我，走向大厅门口。

那扇坏了的门不知为什么还没有完全静止下来，晃晃悠悠，仿佛一个站不稳的人，就像此时的我。我猜是刚刚有人走了出去，又推了它一把……或者是有人走了进来……门本来便是用来进进出出的，这很正常。

没有人再说话。

但我观察到，有人嘴角露出了笑容，有人眼角带着笑意……当然，客观地说，也有人紧锁双眉，或者使劲抿着嘴巴，显得很紧张。我扭头看了看架着我的两个小伙子的表情。他们呲牙咧嘴，很费力的样子，可能我需要减肥了——都是同事，平时我对你们也不错，拉我就拉我，干吗那么使劲呢？累着你们也是活该。

我被拉出门的时候，窃窃私语的嗡嗡声又在我背后响起，像一群蚊子。说起蚊子，自从来到 328 号戴森球当系统管理员，我再也没有见过这个世界的蚊子……我离这个世界已经太遥远了。

我被关到了禁闭室。

21

禁闭室的日子很安静。

我的脑子很疲劳，几乎不转，无法思考。是啊，很疲劳，所以我主要是睡觉。禁闭室的床不错，我睡得很好。睡醒了便有吃的，吃得也很好，他们一定有一个好厨师，比员工食堂的厨师要好。于是我就吃，吃完再睡，然后再吃。

禁闭室条件太好了，无异于休养。

只可惜，禁闭室也是预制的标准件，和我与督察委员谈话的那个房间相同，仅仅一张办公桌和两把办公椅被换成了一张床和一把休闲椅，铁灰色的墙壁还是那样，没有门缝的门也还是那样，没有窗……未免有些无聊。

有人担心卫生间，太多虑了，随地解决就可以，马上就会消失不见，一点痕迹都不会留下，墙壁上还会伸出水龙头……听说在其他戴森球，偶尔有造访的无知的系统人跑来跑去找专用卫生间，真是可笑……有一天，在某个墙角如厕的时候，我发现了几行字，用水笔写的，字迹模糊，但勉强看得清：

> 雪飘的时候，
>
> 我有一把秘密。
>
> 雪化的时候，
>
> 秘密也化了。

这几行字引起了我的深思。我怀疑这是有人在试探我，测试我有没有什么秘密。

按说这个预制件的禁闭室中不应该允许带笔进来，主要是害怕有人用笔自杀。怎么墙壁上会有用水笔写出来的字呢？而且禁闭室管理员不清理吗？

不过也不一定，很多规矩大家是差不多就完了，不会过于较真。带笔进禁闭室这种事很难杜绝，都是同事，犯了错而已，又不是罪犯。我就听说过有人带笔进了禁闭室，并没有被发现，也没有惹出什么祸端。至于清理，看笔迹好像也被清理过，只是清理得不太彻底。有些水笔墨水的质量实在太好，不容易清理。再说又是写在墙角，不是每次清理的时候都容易被发现。如果我不是过于无聊，在禁闭室待的时间又太长，还到处如厕，几乎看遍了禁闭室的每一个角落，也不至于发现这几行字。

我有秘密吗？

也可能是哪个无聊的小年轻，在系统中制造某种情境向女朋友示爱甚至求婚……以前发生过这种事，有人在系统里制造海啸，只为了在巨浪的巅峰用水花拼出"我爱你"几个字，被海啸无穷无尽的力量推涌着在广阔的陆地奔腾了上千公里……所以被关了禁闭，然后发癔症写下了这几行莫名其妙的东西，并没有什么隐藏的涵义，只是年轻人发癔症而已。

不过，就算不管这些字，说到底，我有秘密吗？什么算是秘密？什么不算是秘密？

这个问题很困扰我。

我一直没搞清楚到底是怎么回事，没搞清楚这几行字究竟是什么意思，究竟有什么背景，究竟有什么目的，也没搞清楚我到底为什么被关进了禁闭室……直到我被放出来。

禁闭室里没人跟我说话，管理人员不理我，还有信号屏蔽之类的技术手段，大脑中的芯片组无法联网，本地计算也无法进行，甚至连日期都不知道，没有任何能够获得外界信息的渠道。好在我并未感觉着急，无聊的感觉倒是有，但我对此很熟悉，没什么难对付的，再加上有那几行字可以让我琢磨琢磨……时间全在睡觉、吃饭、发呆、琢磨雪和秘密之类的事情当中消逝了，悄无声息，了无痕迹，丝滑……对，丝滑……时间仿佛根本就没有存在过。

那天，我被放出来的时候，发现老板换人了。

新老板非常和气，对我彬彬有礼，告诉我可以恢复工作了，并且因为被不正当地关禁闭，我将获得一整年薪水的补偿。而我的前老板因为无理关我禁闭这种不专业的冲动行为，已经被免职了。如果我依旧感到不满，可以随时向公司的督察部门申诉，也可以起诉公司，他甚至可以为我推荐几个靠谱的律师让我挑选。

我倒没什么不满，禁闭室的生活对我来说挺好，我很满意。我问了一下，禁闭室有没有评分系统，我想给他们评一个满分。尽管待在里面有些无聊，但鉴于环境的安静整洁、床铺的舒适和饭菜的美味，我还是想要给他们评一个满分——可惜没有，禁闭室没有评分系统。我不禁觉得这相当不合理。如果没有评分系统，如何能够让禁闭室的管理者获得用户反馈，从而提高自己的管理水平呢？比如那几行字的问题……还有，又如何让我的同事们准确评估禁闭室的舒适度，从而建立起对于被关禁闭室这件事的正确态度呢？这也很重要，否则，同事们总是对禁闭室怀有某种莫名的恐惧，显然不利于禁闭室的应用和推广。我决定回头写一个报告，向管理层反映一下这个问题。

我问新老板，一个月前到底发生了什么事——我感觉自己被关禁闭关了一个月，但不知道自己的感觉是否准确，新老板没有就时间问题发表意见，只是回答了我的问题。

不得不说，那是一个悲剧。悲剧的核心是那位和我谈话的督察委员，但悲剧的范围超出了他个人。

督察委员的飞船返回地球，有两位驾驶员，我不认识。除了督察委员和他的秘书以外，另外搭载了四位328号系统的员工，算是我的同事，由于各种原因要返回地球。其中三位我认识，有两位我还知道他们返回地球的原因是为了度假。我甚至清楚他们度假的具体安排——某个阳光明媚的海滩，还有酒吧什么的，我不理解这有什么意思，沙滩、酒吧之类的地方在系统中见得不够多吗？还不如禁闭室好——他们在聊这件事的时候，我恰好从旁边路过，听了一耳朵。我并非有意偷听，我对别人的事从来不感兴趣，但声音就这样钻进了我的耳朵，挡也挡不住，所以我知道了我根本没兴趣知道的事——这种情形经常发生，很困扰我，我不喜欢，却不得不接受，没办法避免。

他们的飞船离开我们的 328 号戴森球不久，就意外地被袭击了。袭击很成功，飞船被炸成了碎片。

所以，督察委员和他的秘书死了，驾驶员死了，我的同事也死了……真是件悲伤的事。

在如此这般的深深深深深深……太空，袭击者袭击成功已经很了不起了。更了不起的是，袭击者竟然让本应完全无规则地四处散落的飞船碎片在太空中拼成了一个非常规则的几何形状。这很难做到，不知道他们用了什么神奇的方法。拼出的形状是这么几个字：

保卫伊瓜多

根据这几个字，大家得出结论，飞船被袭击的原因是那位督察委员，其他人都是遭遇了池鱼之灾。

既然如此，这件事便和我扯上了关系。

这么说来，我的前老板愤怒到失控，从而对我采取了过分的举动，也就说得过去了。甚至可以说，他的行动是如此的温和，如此的轻柔，如此的绅士……特别是考虑到禁闭室的舒适度……完全配不上作为如此严重的事件的合理反应。

新老板还告诉我，这种"保卫伊瓜多"的恐怖行动已经不是第一起，而是屡次发生。事实上，最新的情况，就在前些天，遥远的地球又发生了一起袭击。

我们公司——戴森世界——的总裁，那个叫魏可知的著名的人生赢家，在一个啤酒摊正喝着啤酒，爽得不要不要的……这是我想象的……忽然被人狠狠地捅了一刀，立竿见影地昏倒了，昏倒的时候嘴里还叼着一个羊肉串……当然，羊肉串不重要，重要的是，他的额头被人印上了一个鲜红的印章，刻着这么几个字：

保卫伊瓜多

又是保卫伊瓜多。

印章并非机器制造，而是手工篆刻。新老板说，篆刻的水平很高，是艺术家级别的篆刻。某家博物馆已经搞到了拓片……应该是照片而已，经过了处理，好像是拓片，其实不是，只不过拓片的样子显得高级……他们一定认识警察……摆到了自己的展览区，还郑重其事地用玻璃罩子罩了起来，搞出一副很珍贵的样子。

印章这种东西哪里还有人用？只在博物馆才有，不过博物馆的参观者依旧挺多。新老板说，这个"保卫伊瓜多"的印章展出以后尤其受欢迎，区区几天工夫就让那家博物馆赚翻了。美中不足的是，发生了踩踏事故，博物馆不得不给受伤者赔偿了一些钱，未免晦气……说这话的时候，新老板用一种非常奇怪的眼神盯着我，仿佛一种成竹在胸却故作试探的调戏姿态，不知是想告诉我印章的篆刻水平确实很高，还是想告诉我伊瓜多在地球上人气很高……他停顿了一会儿，似乎在等我做出反应。

我没搭理他，这和我有什么关系？

我不关心博物馆的事情，搞不懂篆刻艺术水平的问题，更不关心踩踏不踩踏。

我倒是蛮关心魏可知的，他是我老板的老板的老板的……简而言之，是我的大老板，是个传奇人物。很幸运，当今世界，用刀杀人固然可以，但要把人杀死几乎不可能。我一贯尊敬的魏总很快就被抢救过来，目前还在休养。

不能不说，那位刺客是个傻子，在地球上竟然用刀杀人，智商和伊瓜多也差不多，怪不得要保卫伊瓜多，算是英雄遇英雄，难免惺惺相惜。

"和伊瓜多有关的事件发生了很多起，这两件事算不上最严重。辩论，游行，打砸抢……保护伊瓜多或者除掉伊瓜多，伊瓜多是个英雄或者伊瓜多是个祸胎……你应该听说过吧？"新老板问我，面带微笑打量着我。

我没搭理他。

"有很多传言……我们相信，关于伊瓜多，关于米利托，尽管有很多信息意外地流传到了外面，但应该不是你干的。"新老板说，依旧面带微笑，即使我没有回答他前面的问题。

"他们除了保卫伊瓜多，也保卫你，保卫你工作的权利，所以，你很安全，可以安心地工作了。"新老板又说，继续微笑。

我还是不搭理他。当然，他这句话不是问句，本来也不需要回答。我在思考，我有一种新的觉察。我认为，他的微笑很有可能是伪造的，否则不会一直纹丝不动，如雕像一般。我知道有很多种方法可以伪造出各式各样的表情。对，一定是伪造的，笑，笑，笑，有什么好笑的呢？

"你认识不久前辞职的哈里斯教授[①]吗？他上小学的女儿之前获得过公司子弟小学创意竞赛的一等奖？"他问了我一个问题，笑容还是没有变化。

"哈什么斯？"我问道。

"哈……"这次，他的笑容发生了一丝变化，有点苦涩，似乎不是伪造的，"哈里斯！"他回答我。

"不认识。"我说。

"好吧。"他仿佛松了一口气，生怕我认识这个什么哈里斯似的，恢复了雕像般的笑容，"有人指责他女儿之所以获奖是因为从他的研究中获益。这倒也无所谓，小孩子嘛！可是，他的研究……"他顿了一顿，"你知道，他的研究……"

他终于还是没有说下去，不知要说什么，却紧紧地盯着我，盯得很紧。我感觉他不敢眨眼，好像一眨眼就会漏过什么，就会让我从天罗地网中逃脱。

我知道什么吗？我需要逃脱吗？见鬼。

我面无表情，不再说话。既然他的笑容恢复了，我也打算恢复不搭理他的状态。

他等了半天，什么也没有等来。

---

① 有关哈里斯教授及其女儿获得子弟小学创意竞赛一等奖的更多信息请参阅拙作《云球》。

"那么，有没有什么其他人和你联系？"他追问。

我没有回答。

我感觉他还在紧紧地盯着我，小心地防备我逃走。

我能逃到哪里去呢？我无非回控制室去工作而已。这可是328号戴森球，距离地球好几十万光年，围绕着一个比地球的太阳大好几百倍的恒星……我难道能跳到戴森球外面茫茫的宇宙中去吗？做燃烧在恒星烈焰中的一片无声无息的灰烬，还是做漂流在无边宇宙中的一具永恒不灭的尸体？就算永恒不灭，那也是尸体……真是莫名其妙，刚刚把我从禁闭室放出来，害怕我逃走就把我关回禁闭室好了……这位新老板显然很多疑，有些不合常理的担忧，和我前老板的软弱算是相映成趣。

我努力保持面无表情的状态，也坚决不说话。

他又等了一会儿，还是什么都没有等到。

"你知道，关于虫洞的事……嗯……很多决策是非常困难的。"他终于再次开口，换了个话题，迟迟疑疑地，"有人感觉在道德上被冒犯了，有人感觉在利益上被侵损了，有人感觉在情感上被伤害了，于是……"他摇了摇头，可能想要表示无奈之类的意思，"当然，这都很正常。"他打断了自己正常的陈述，用一种转折的修辞方式结束了自己的这段话。

这个人为什么总也不把话正常地说完？

我继续保持沉默。

"但是这次很严重，世界被撕裂了。"他又接着说，"有两派……不，应该是很多派，大派套小派，复杂得很，我其实搞不清楚。局势相当紧张，有些人已经开始担心世界毁灭的事情了。当然，我看他们是夸大其词。可是，无论如何，戴森世界被晒到了所有人面前，管理层也被晒到了所有人面前……"

我终于听不下去了，忍无可忍，打断了自己的沉默，也打断了他的喋喋不休，反正他自己也不会把话正常说完："戴森世界本来就晒在所有人面前，挡住了大家的视线，除了戴森世界什么都看不到。至于管理层，也不能总不见人。"

"你的意思是？"他询问我。

他的眉头皱了皱，纹丝不动的笑容不见了，雕像扭曲了……现在看来，他的微笑确实不是伪造的，不过和伪造的也没什么区别，表达出来的总归是一种伪造的情绪。

"我很同情魏总，被捅一刀肯定难受，何况是在啤酒摊上吃羊肉串的时候……应该很兴奋，正在享受，孜然的味道充溢在口腔里，碎末末粘在牙床上……然后，冷不丁被捅了一刀，估计很疼，我能想象那种疼……昏过去的时候嘴里还叼着一个羊肉串，确实不雅观，不符合魏总的身份……但是，他为什么要去啤酒摊？为什么要吃羊肉串？为什么不带保镖？他可是戴森世界的总裁！"

我顿了顿，觉得自己跑了题，而且话说得不合适。

"不，我不是这个意思，不，不……"我想挽回我话中不合适的部分，"我很同情魏总。真的，我不是说他活该。如果有可能，请转达我对他的同情。"

"我不是问这个。"新老板说，脸上有点失望，但掺杂在依旧保留的更多希望之间，充分体现了他的忐忑。

"对了，那个雪啊，秘密啊什么的几行字，是怎么回事？"我没接他的话，让他忐忑去吧。我问了一个新的问题，这个问题对我很重要，已经困扰了我好多天。

"什么？"他又皱了皱眉头。

我看着他，怀疑他在装糊涂。

"你在说什么？"他再次追问，眉头皱得更紧，眼神中充满了疑问和警惕，失望、希望什么的都退居次席了。

我忽然意识到，我被关进禁闭室的时候，他还没来。我被关进禁闭室以后，我的前老板才被免职，他才来接手。如果有什么阴谋，他无疑是阴谋的继承者，但他毕竟不是阴谋的发起者。他说不定不支持如此卑劣的试探手段，即使支持，他也不会承认。总之，问他问不出什么结果。

于是，我不打算追问这个问题，也就没有新问题了，不知道该说什么。我没有再理他，转身走了，我要去工作。

莫名其妙，呱呱呱说个不停，还带着微笑……这些事和我有什么关系呢？又有什么可笑的呢？

我只关心伊瓜多怎么样了。

当然，我不是共情伊瓜多，不是，不是共情。我在工作而已，伊瓜多是我的工作内容。在这个世界，难道连工作都不可以了吗？这个世界真是疯了。

如果真的这么麻烦，把我开除好了。

奇怪，我忽然觉得，我不再害怕丢掉饭碗。

我想起自己和那位已经被炸成碎片的督察委员的谈话场景……不知道

他被炸碎的身体的碎片参与组成了"保卫伊瓜多"中的哪个字……我想起我努力向他解释自己没有共情伊瓜多的样子，一阵强烈的屈辱感从心底涌来，我感到恶心。

我不就是害怕丢掉饭碗吗？害怕丢掉一份薪水很高但很少有人爱干的工作？恶心，就为了这个，念念叨叨地解释了许久，配上一副讨好的表情……我竟然认为督察委员在念念叨叨，其实是我在念念叨叨，我为自己感到恶心。

雪……秘密……我好久没见过雪了，至于秘密，什么算是秘密……还有哈什么斯，还有什么其他人……真是可笑，这帮疯子。

炸得好。

22/

当我再次坐在工作台前的时候，打开显示器查看伊瓜多如何了，米利托镜像如何了，卡维尔舰队如何了，我吃了一惊，忽然明白自己为什么被放出来了，甚至明白自己为什么被关进去了。

米利托星一片荒芜，真正的荒芜，什么都没有，没有伊瓜多，没有小木屋，没有机器果树，没有生命，没有水，就是一块大石头，表面凹凸不平，形状极不规则的大石头——我原先竟然不知道，失去了漫天大水的覆盖，这块石头这么难看。我查看了米利托星的内部，地心熄灭了，静止了。在地幔中，镜像还在，可是已经被压碎，粉碎粉碎，根本看不出曾经是一台计算机的样子。

他们干了什么？他们毁灭了米利托星？不可能，米利托镜像中有几百亿人……这是管理员守则中严格禁止的行为，就算公司修改了管理员守则，他们也会被唾沫星子淹死……或许会被乱枪打死……不管了，总有办法搞死他们。

我手忙脚乱地调阅历史资料，我想知道是怎么回事。于是，我看到了一个小女孩，十几岁的小女孩，和伊瓜多对话的小女孩。她是最后一位和伊瓜多对话的镜像人，据资料显示，是娜欧米的一个远房侄女，长得和当年的娜欧米几乎一模一样，年龄还小，却同样有一头乌黑的长发，说话的声音和语气也与当年的娜欧米一模一样……我看着她，发了半天呆。先是以为时光倒流了，后来意识到这不可能，就以为自己看错了影像资料，再三检查，发现确实是最新的影像资料。

我继续发了一会儿呆，好让自己平静一下。

他们的对话如此漫长。小女孩想要让伊瓜多理解一件事，但伊瓜多是个傻子，不是吗？要让他理解一件事是不容易的。我已经理解八百遍了，伊瓜多还睁着他充满无辜的眼睛，看着小女孩，似乎小女孩所有的话都白说了。

我尽量简短……小女孩花费了好几天的时间和伊瓜多对话，通宵达旦，没有开会商量，没有中断对话再约下次时间，而是坚持对话，要求伊瓜多不能离开，一直说啊说啊，说啊说啊。

这小女孩的精力真好，当年的娜欧米好像没有这么好的精力，从这点来看，她确实不是娜欧米。

终于，小女孩让伊瓜多理解了一件事。

如果——小女孩说如果，但其实是事实——如果米利托星真的面临卡维尔人的入侵，那么当前的形势下，镜像人是无法帮助伊瓜多的。也就是说，卡维尔人很快会占领米利托星，那么伊瓜多和镜像人，几百亿镜像人，将会灰飞烟灭。没有任何理由认为卡维尔人会接受镜像的存在，镜像人研究过这事，研究了很久，从很多种不同的角度研究，能用的科学依据、哲学依据、社会学依据或者心理学依据等等全都用光了，到底也没有找到任何理由。要知道，米利托镜像正在消耗米利托星的能量并破坏米利托星的环境，从而让米利托星不再适合人类生存。但是，卡维尔人想要占领这个星球，难道不是为了在这里生存下去吗？难以想象，他们需要一个人类无法生存的星球干什么。

听着这些话的时候，我完全理解其逻辑，却又觉得怪怪的，似乎不能说一定如此，小女孩的说法过于武断……真的研究得够久了吗？真的把研究的角度都穷尽了吗？真的把什么什么学的依据都用光了吗？我很怀疑。依我看来，镜像人不可能达成一致，研究这种问题，至少得有八百个答案，才配得上我理解八百遍。

不久之后，尽管我依旧怀疑这番话诞生的背景，但已经清楚这番话说出来的目的了。

小女孩讲清楚这个道理，当然不是为了让伊瓜多消沉，更不是为了让伊瓜多自暴自弃，而是为了鼓励伊瓜多。鼓励这个词也许不合适，更合适的词是怂恿。伊瓜多面临选择。有一个选项只要伊瓜多肯做，就可以拯救米利托镜像，拯救其中的几百亿人。

这个选项很简单：将米利托镜像的时钟调快。

当初，米利托镜像之所以被设置成现在这样一个时钟周期——和米利托星同步——有很多原因，其中几个原因最重要。其一，镜像时钟调快本身无论对镜像还是对地表世界而言都没有特别的益处；其二，时钟同步有助于保持镜像世界和地表世界的顺畅沟通；其三，时钟调快将加大能量消耗，地心能量损失过快，同时也会带来更大的散热，使得米利托星加快走向毁灭的步伐，而米利托星的毁灭也意味着镜像的毁灭——这其中有很大的不确定性，没有科学家能够计算得清楚，但肯定是巨大的风险。

如今，面临被卡维尔人入侵的境况，之前的理由都不成立了。第一，如果时钟调快，那么即使被卡维尔人占领，镜像人也已经度过了更多的岁月，例如，调快到米利托星一天而镜像十年，那么十天后米利托星被占领，镜像人便能获得一百年的生存时间，调快到米利托星一天而镜像一百年，十天便是一千年；第二，没有必要再保留镜像世界和地表世界的顺畅沟通了；第三，也没有必要再去担心米利托星加快走向毁灭的步伐，反正卡维尔人来了，毁灭是必然的，无论如何都是一回事，无非是死在谁手里的区别。

调快时钟，除了不知道怎么操作以外，似乎没什么问题。

伊瓜多的难是难在理解，理解之后立刻就同意了。

甚至，他竟然一下子聪明起来，见鬼了，很快便学会了并非那么简单的调整时钟的操作，按说他是很难学会的。我只能理解为，在小女孩教他的过程中，他记忆深处某个埋藏已久的线索被唤醒了。爷爷也许曾经教过他如何做这件事，可在他学会之后再没有提起过，当然更没用过，他便忘记了，连我也忘记了，现在小女孩这么一提醒，他又想起来了……我不确定这是事实，我回头应该查找资料确认一下……这是唯一的可能性吗？反正我想不出第二种可能性，不过我想不出并不代表这便是事实。

尽管沟通困难，但期间没有什么波澜。终于到了最后，却是一个艰难的抉择——很艰难，相信我。

　　小女孩告诉伊瓜多，镜像人希望，伊瓜多将镜像的时钟调到米利托星一天而镜像一百万年。经过计算，这是技术层面上米利托镜像的硬件系统可以承受的最大的时钟比例。对于数字，伊瓜多并没有太多概念，但我一听便知，毫无疑问，这意味着米利托星的迅速毁灭，也许就是旬月之间的事。

　　我被惊得一下子从椅子上站了起来。

　　简单来说，这其实是让伊瓜多自杀。

　　很显然，如果米利托星只能存活旬月之久，那么生活在米利托星地表的伊瓜多也就只能存活旬月之久了。镜像人却会由此获得上千万年甚至几千万年的生存时间——只要米利托镜像如技术人员的预估一般正常运行。

　　既然是让伊瓜多自杀，我以为小女孩会欺骗伊瓜多，但我想得不对，她没有欺骗伊瓜多，这很意外。小女孩告诉伊瓜多，科学家估算，这种做法会在二十天左右的时间让米利托星变成一块大石头。那时，地磁会消失，水分会蒸发，生物会灭绝，伊瓜多所在的位置会因为火山而消失，坚持不了二十天……最终，在伊瓜多变成火山灰烬之后的若干天，镜像计算机系统会由于失去地心的主能源供应而导致停机，一旦停机，压力支撑和发电系统也会随之失效，然后整个镜像系统会被地幔的压力所摧毁。而这一切，都是为了让镜像人获得两千万年左右的生存时间。

　　本来有些办法让伊瓜多活下去。调整时钟之后，伊瓜多立刻去太空什么的，尽管米利托人未能发展出深空宇航技术，近空宇航却驾轻就熟，否则就不会存在全球防御系统了。另外，也可以想想什么办法，看能不能协调一下操作顺序，将调整时钟和伊瓜多自我迁移意识场进入米利托镜像结合起来……但是，这些操作不知道在如今千疮百孔的现实中是否可行，而且对于伊瓜多来说实在太难，他不可能学得会，小女孩也没提。

这么做对镜像人不是毫无负面影响。首先是他们只能生存两千万年——这个问题小女孩没有多说，估计镜像人也没多想，实在太遥远了；其次是由于计算强度过大而能源有限，镜像人以及镜像宇宙在这两千万年生存时间中的复杂性增长将受到限制，宇宙和生物圈的演化以及科学技术的进步都将放缓甚至停滞，好在研究表明，大概率不会倒退，镜像人应该能够好好地过完这些日子。

后来，我曾经想要看看镜像人是如何过完这些日子的。可惜，资料很少。岁月如梭，世事如烟，他们的时钟实在是太快，数据量过大。和镜像中的现实相比，系统仅仅保留了极少的影像资料。以我的观感而言，只能说镜像人的确过完了这些日子，竟然没有再出什么大的幺蛾子，很不容易了。在即将毁灭的最后一刻，关于毁灭的故事已经过去了两千万年，没有人相信也没有人理会。甚至，已经没有人相信自己是生活在一个计算机系统中，而认为那不过是一个来自远古的荒谬传说。所以，一切都在平静之中发生，倏然之间的毁灭，悄无声息的消失，没有挣扎，也没有痛苦。

我很难评价镜像人的生存质量，也就很难评价他们做出如此选择所拥有的意义。无论如何，那是两千万年，比我所知道的任何人类历史都要悠久得多。我不知道，当这样一个两千万年的生存前景摆在任何人类种族面前的时候，他们会做出什么选择？

伊瓜多明白自己会死。

记事以来，伊瓜多经历了爷爷的死，那是对死亡最初的了解，又经历了卡维尔狗的死，对死亡的了解增加了一些。但谁也不知道，他对死亡的了解究竟到了一个怎样的程度。

伊瓜多看着小女孩，没有什么表情，看了很久。

小女孩低下了头，说："他们让我这么说的。"

过了一会儿，伊瓜多答应了。

在那样一个场景中，我停留了很久。

我现在有点共情伊瓜多了，不过更多的是对自己的共情。我被骗了，被公司骗了，被我的老板骗了。他们把我关起来，好让这一切发生，他们把我放出来，因为这一切已经发生了。

是这样吗？

我可能也被其他人骗了，被所有人骗了……这就是结局吗？

我回过神来，重新查找资料，想查查看这个小女孩到底怎么回事。但我什么也没有找到，在这个小女孩出现在娜欧米家客厅之前，系统中没有任何有关她的资料。小女孩的存在当然是肯定的，可是，不知她为什么出现在娜欧米家的客厅。他们让我这么说的……他们是谁？资料里也没有。

我曾经修改了系统的设置，让系统记录下更多的资料。但是现在，不，应该是我被关进禁闭室的时候，系统设置被复原了。在默认设置下，系统的资料存储比例非常低。这样一个小女孩，是如此的不起眼，找不到和她相关的资料很正常。就像以前，我无法判断杀死鲁斯教授的杀手身份，他到底是真正的宇宙主义者，还是伪装成宇宙主义者的精神主义者？如今，鲁斯教授的后裔，傻子伊瓜多，同样陨于非命，而我依然不知道真相。

我看到的最后的伊瓜多，是在他将米利托镜像的时钟调快之前的几个小时。那会儿，他正在挖坟坑，给自己用的坟坑。旁边，是爷爷的坟坑和卡维尔狗的坟坑，爷爷和卡维尔狗早已躺在里面了。伊瓜多挖得很努力，出了一身大汗，表情却很平静。

我找出了他给卡维尔狗挖坟坑时的视频，他此时的表情和那时的表情没有什么区别，似乎正在为另一条狗挖坟坑。

我想，他把镜像时钟调快以后，会自己走到坟坑里，躺下，看着天空，哼着儿歌……巢穴里面一片黑，挖掘的爪子出了血……或者……梦……梦……梦……梦……等待气温上升，火山爆发，死亡来临。没有人会像他给爷爷和卡维尔狗的坟坑填土一样给他的坟坑填土。所以最终，他挖坟坑的行为没有任何意义，他的身体将毁于岩浆。当然，即使把坟坑填满了土，也不见得就有什么意义，薄薄的土层挡不住岩浆的肆虐。

我没有再去看他调快镜像时钟的视频，也没有再去看他走进自己挖好的坟坑里的视频。

我坐在那里，发了一会儿呆。

我忽然想起了卡维尔人，觉得应该看看他们。我开始查找卡维尔人的影像。很快就找到了他们。他们大多数都死了，死于内讧。按照时间推算，最后两艘互相攻击的卡维尔战舰同归于尽的时刻，正是伊瓜多被火山岩浆吞没的时刻。

并非所有卡维尔战舰全都同归于尽。少数战舰跑了，不知所踪。在这茫茫的太空中，没有虫洞，恐怕最后也逃脱不了死亡的宿命吧？我没有去追踪他们。那些战舰的力量太单薄，自以为留下来没有什么意义，不可能占领整个舰队都未能占领的米利托星。其实是有点意义的，毕竟伊瓜多已经自戕，占领米利托星不在话下。当然，如今的米利托星也只是一块大石头，占领它的意义何在？米利托星不再支持生命的存在，同样是死亡的归途。所以，也许还是跑了的好。于是，太空中只剩下大批战舰的残骸。

这么看来，伊瓜多本来可以什么都不做，伊瓜多本来可以活下去，等着卡维尔人自己毁灭、自己离开就好。

可惜，太晚了。

我继续发呆。

过了一会儿，我猛醒过来，意识到自己生活在现实中，总不能无限制地发呆。我摸了摸自己的脸颊，胡须没剃，有点扎手，我吸溜了一下鼻子，眼睛又发涩……我怀疑自己得了干眼症。

这一切都是个阴谋。对，是个阴谋。

"魏总身体已经恢复，回公司上班了。"我听到有一个声音从背后传来。

我转过身，我的新老板站在我背后，但眼睛没有看着我，而是看着我面前的屏幕。屏幕上，是一片飘在太空中的残骸，卡维尔战舰的残骸，张牙舞爪却又残破颓败。

"伊瓜多很了不起，拯救了镜像人。"他说。

"我没有共情伊瓜多。"我下意识地说。

"我知道。"他点点头，转身走了。

我看着他的背影，更加觉得一切都是个阴谋。

米利托星所发生的一切太奇怪了。自从"宇宙更远还是精神更远"的争论肇始，所有一切都太奇怪了。那里不像一个自主演化的行星，更像一个多方博弈的斗兽场，有无数力量像幽灵一般潜入，把触角伸向每个人意识场中复杂的量子网络，搅动自己都难以觉察的情绪……米利托星仿佛一个巨人，自以为身材宏伟、力大无比，情绪却也被神秘的力量搅动，失去了对自己的控制……是的，一切都是个阴谋……雪飘的时候，我有一把秘密。哪里有雪？谁有秘密……很遗憾，我无法了解所有的内幕，我是一个上帝，可也只是一个小人物，一个戴森世界的系统管理员。

虽然感到遗憾，我并不憎恨未知。人们希望自己无所不知，其实那是一个陷阱。未知拥有巨大的价值，意味着一个或者无数个新世界，等待人们的造访。无论能不能真正造访，新世界的存在始终是一个希望，一个能够改变一切的希望，似乎那里会是幸福安宁的终点。作为系统管理员，庞大的328号戴森球的系统管理员，我看到了太多的世界，各式各样的世界，消解了感受未知的能力，由此也消解了我的新世界，消解了我的希望。我正在重新寻找我的未知，重新寻找我的新世界，重新寻找我的希望，只是可能找错了方向。宇宙派和精神派的论战场景在我脑中浮现，我意识到，我和那些米利托人没什么不同。我和他们一样，失去了造访新世界的可能，只能将希望寄托在虚无飘渺之中。他们选择相信米利托镜像，而我选择相信一切都是阴谋。

我应该回到地球，回到琐碎而朴实的未知当中，不当上帝，当一个普通人……如果在地球，也许正是夕阳落下的时候，天际线一盘红彤彤的巨大的落日，余晖洒在大地上，洒在人们的身上，应该是让人惬意的时刻吧？可在这里什么都没有，只有钢筋铁骨的戴森球，还有我满腹的疑神疑鬼……也许一切都很简单，只是我太多疑。但不能怪我。这里本来就是一个让人知道得太多，却又让人感到疑虑的地方。我觉得我已经坚持得够久了，我表现得不错。

我想，要么遂了他们的意吧，我应该回去了，回到地球，过一种简单的生活。

全文终